Diogenes Taschenbuch 23318

Kurt Lanthaler

Weißwein und Aspirin

Hirnrissige Geschichten

Diogenes

Diese Ausgabe erschien 1997
in erweiterter Form unter dem Titel
›Heiße Hunde. Hirnrissige Geschichten und ein Stück Karibik‹
im Haymon-Verlag, Innsbruck

Lizenzausgabe mit freundlicher Genehmigung
Die Geschichte ›Miseria‹ erschien 1998
in der Ullstein-Anthologie ›Der Bär schießt los‹
Umschlagfoto: Monika Kiss Horváth,
›Maccarese‹, 1997 (Ausschnitt)
Aus: ›Bar in Italia 1987–1998‹

Veröffentlicht als Diogenes Taschenbuch, 2002

Diogenes Verlag AG Zürich
www.diogenes.ch
80/02/43/1
ISBN 3 257 23318 3

Inhalt

Weißwein und Aspirin

Die Kopfschmerzen waren schon dagewesen, bevor ich den Raum betreten hatte. Die Klimaanlage machte alles nur noch schlimmer. Drei Stunden, das wußte ich, würde ich aushalten müssen. Dann ein Glas Weißwein und ein Aspirin, und hoffen. Hoffen, es bald überstanden zu haben.

Entsprechend unkonzentriert war ich. Stellte, nachdem ich meine drei ersten Sätze gesagt hatte, mitten im vierten fest, daß ich nicht mehr wußte, wovon im ersten die Rede gewesen war.

Zweieinhalb Stunden noch, eine Qual. Aber gutes Geld, das ich mir eben ersitzen mußte. Ich hatte ein Seminar zu halten, zwanzig Studenten hatten ein Seminar zu besuchen. Wir waren schon vor einiger Zeit stillschweigend übereingekommen, uns das Leben gegenseitig so erträglich wie möglich zu machen. Deswegen fragte auch keiner nach, was ich mit dem, was ich sagte, eigentlich meinte. Weswegen ich auch nicht darüber nachdenken mußte. Was wiederum meinen Kopf freute.

Daß ich meine Kopfschmerzen schließlich vergaß, so lange, bis sie weg waren, verflogen, lag an der Geschichte. Einer Geschichte, die plötzlich, ohne Vorwarnung, da war, sich in den Raum gesetzt hatte.

Gesprochen wurde die Geschichte von einer Studentin, keine zwanzig Jahre alt, grünbuntes Haar, deutsch mit Schweizer Einschlag, Türkin, noch nicht durch besondere Strebsamkeit aufgefallen. Sie hatte eine Geschichte erzählt bekommen.

Es lebte in Stambul ein weitum berühmter Professor für Alte Stambuler Geschichte. Ein ruhiger, in langen Sätzen und mit den Händen sprechender Gelehrter alter Zeiten, ein Mann, der gerne gut aß und trank und den Tänzerinnen zusah dabei. Der Professor litt seit Jahren unter den immergleichen, ihn immer begleitenden Kopfschmerzen. Er lebte leise lächelnd damit und aß und trank und sah dabei den Tänzerinnen zu.

Bis die Kopfschmerzen eines Tages stärker wurden. Sagte der Professor. Und wußte, daß es nicht die Kopfschmerzen waren, die stärker, sondern er, der schwächer geworden war. Weil er an Essen und Trinken und Tänzerinnen immer weniger Freude hatte. »Das Alter«, sagte er zu seinem Freund, dem Arzt.

»Dann werden wir uns eben einbilden«, sagte sein Freund, der Arzt, »daß in der Kunst die wahren Freuden des Lebens liegen.«

Die Kopfschmerzen des Professors wurden von Tag zu Tag unerträglicher, so unerträglich, daß er grau wurde im Gesicht. Er ging zu seinem Freund, dem Arzt, und sagte: »Hilf mir.«

Sein Freund, der Arzt, war ein Arzt just für alle Fälle, in denen der Kopf Schwierigkeiten macht. Er klebte Drähte auf den Kopf seines Freundes, schloß sie an einen Apparat an, zeichnete sein Hirn in Linien auf Papier, ließ ihn an Essen und Trinken und Tänzerinnen denken und verglich die neuen Linien mit den alten, er schob seinen Freund, den Professor für Alte Stambuler Geschichte, in eine Röhre und sah sich seinen Kopf auf einem Schirm von innen an, scheibchenweise, und als der Professor sein Hirn in Scheibchen und in Farbe auf dem Computermonitor sah, wurde er noch grauer im Gesicht und verließ wortlos die Klinik und trank den Rest des Tages Raki und wurde traurig.

Am nächsten Tag schickte ihn sein Freund, der Arzt, zu einem anderen Arzt. Dem Professor wurden Dutzende von Fragen gestellt, und er beantwortete sie alle, freundlich und geduldig, in der Hoffnung, daß es seinem Kopfschmerz abhelfen würde. Aber es half nicht. »Im Kopf sind Sie noch ganz in Ordnung für Ihr Alter«, sagte der Arzt. »Ich würde mir keine Sorgen machen, Ihr Geist ist nicht defekt.«

Und der Professor wurde von seinem Freund zu weiteren Ärzten geschickt, und immer wieder ließ sein Freund, der Arzt, sein Hirn Linien auf Papier zeichnen, und der Professor sagte: »Schade ums Papier, welche schönen Dinge könnte man darauf schreiben, Buchstaben, Worte, Sätze. Und nicht nur Linien.« Und die Wochen vergingen damit und die Monate, bis der Arzt, sein Freund, sagte: »Ich kann nichts finden, lieber Freund. Und ich kann es dir nicht erklären.«

»... und meine Kopfschmerzen kannst du mir auch nicht nehmen«, sagte der Professor.

»Wir haben alles versucht«, sagte der Arzt, »mir fällt nichts mehr ein.«

Da stand der Professor wortlos auf und ging und trank

den Rest des Tages und die Nacht lang Raki und wanderte von einer Bar zur anderen. Als ihn sein Freund, der Arzt, endlich in einer Hafenbar gefunden hatte, nahm er ihn an der Hand und sagte: »Eine Möglichkeit, Liebster. Wir haben noch eine Möglichkeit.«

Und er nahm den Professor mit und legte ihn schlafen. Und als der Professor wieder aufwachte, sagte sein Freund, der Arzt: »Ich werde deinen Kopf aufschneiden und nachsehen. Vielleicht finde ich doch etwas.«

Und der Professor sah ihn an, nickte dann und sagte: »Tu das.«

Und als der Freund des Professors, der Arzt, von dem man wissen muß, daß er ein weitum berühmter Hirnchirurg war, den Schädel seines Freundes geöffnet hatte, entfuhr ihm ein erstauntes Ahhh. Dann sah er sich den geöffneten Schädel von allen Seiten an, näherte sich langsam und vorsichtig dem Hirn seines Freundes und schleckte es ab. Dann sagte er: »Ist gut, machen wir ihn wieder zu« und gab seinen Assistenten einen Wink.

Als sein Freund, der Professor, aus der Narkose erwachte, sagte er: »Und, wie sieht es aus?«

»Gut«, sagte der Arzt, »du wirst keine Kopfschmerzen mehr haben.«

»Das ist schön«, sagte der Professor, »und, was war's?«

»Ein Haar«, sagte der Arzt.

»Ein Haar?«

»Da war ein Haar, das auf deinem Hirn lag, eineinhalb Zentimeter lang, mein Freund. Es muß durch die Nase und die Stirnhöhle bis auf die Dura gewandert sein.«

»Dura?« sagte der Professor.

»Hirnhaut«, sagte der Arzt, »und da hat dir das Haar weh getan. Jetzt ist es weg.«

Der Professor lächelte und sagte: »Du bist ein Freund.«

Wochenlang lebte der Professor für Alte Stambuler Geschichte und hatte seine Kopfschmerzen schon längst vergessen, das Grau war aus seinem Gesicht verschwunden, und man sagte, er ist wieder ganz der alte, bis auf die Tänzerinnen, aber das wird auch noch werden, als man den Arzt rief. Man hatte seinen Freund im Rakirausch auf der Straße liegend gefunden.

»Ich weiß auch nicht, wieso«, sagte der Professor zu seinem Freund. Und auch beim nächsten Mal wußte er nicht, wieso.

Erst als er Tag und Nacht wach war und Tag und Nacht Raki trank, fiel ihm ein, wieso. »Mein Arzt und Freund«, sagte er zu seinem Freund, dem Arzt, »ich kann nicht schlafen. Ich träume. Ich träume jede Nacht von einer Zunge, die mein Hirn leckt. Dann wache ich auf. Und dann spüre ich eine Zunge, die mein Hirn leckt. Langsam und Zentimeter für Zentimeter. Manchmal hilft der Raki, und dann spüre ich nichts mehr. Aber er hilft immer weniger.«

»Gehen wir Raki trinken«, sagte der Arzt. Und als sie vor dem Raki saßen, sagte der Arzt zu seinem Freund, dem Professor für Alte Stambuler Geschichte: »Ich habe es abgeschleckt, dein Haar. War einfacher und sicherer, als es mit einem scharfen Instrument zu entfernen. Tut mir leid.«

Und der Professor küßte seinen Freund, den Arzt, und umarmte ihn.

»Gut«, sagte ich und sammelte meine Papiere ein, die ich sinnloserweise vor mir ausgebreitet hatte, »morgen um neun geht's weiter.«

Dann stand ich auf, verließ den Seminarraum, leicht gebeugt wegen meiner Kopfschmerzen, und überlegte, wie ich an ein Glas Weißwein und ein Aspirin kommen würde oder zwei.

Roma Stazione Termini

Rom im November ist feucht und kalt. Ich hatte mich sechs Tage in der Stadt aufgehalten und nichts von ihr gesehen außer meinem Hotelzimmer, dem Kongreßsaal, einer Bar für den morgendlichen Espresso und einer kleinen Trattoria, in der ich mich jeden Abend vor den anderen Kongreßteilnehmern versteckte.

Kongresse sind die unangenehmste Begleiterscheinung meiner beruflichen Tätigkeit, aber nur selten zu umgehen. Schlimmer, aber glücklicherweise meistens vermeidbar, sind nur noch die Whiskeyabende an der Hotelbar, Veranstaltungen, die zum Groteskesten und Sinnlosesten gehören, das ich in meinem Leben gesehen habe. Innenarchitektonische Geschmackswüsten, deren Messinggreuel mit der Anzahl der Sterne zunehmen, Barkeeper, die das Glas vollgähnen, bevor sie ihre ebenso schlechten wie teuren Spirituosen hineinschütten, und dann: der Leidensgenosse auf dem Hokker nebenan. Kongreßteilnehmer, Vertreter, angetrunkener Heimatloser, zieht er im zweiten Satz ungefragt häßliche Fotos dicker Kinder und zerfallender Frauen aus der Tasche, zeichnet den Grundriß seines Häuschens im Grünen auf den Artikel, den du gerade lesen wolltest, und ist um den Preis einer Bloody Mary gern bereit, dir die Adressen der letzten gesunden Transsexuellen der Stadt zu überlassen.

Ich denke also, es ist menschlich verständlich und nachvollziehbar, daß ich mich für die Dauer meines römischen Aufenthaltes allabends klammheimlich in die Seitenstraßen schlug und durch Gassen schlich, immer in der Angst, ein Kongreßteilnehmer oder einer der Hotelgäste könne meinen Weg kreuzen. Ich hatte Glück und erreichte jedesmal unerkannt die Trattoria »da Toni«, die Sie bitte nicht im Telefonbuch suchen, weil sie selbstverständlich nicht so heißt. Ich habe nämlich berechtigterweise die dumpfe Vorahnung, daß ich schon gegen Ende dieses Jahres aus beruflichen Gründen wieder nach Rom fahren muß. Und ich teile Toni ungern, auch mit Ihnen nicht, verzeihen Sie. Toni, der, Sie vermuten es sicher schon, genausowenig Toni heißt wie seine Trattoria »da Toni«, dieser Toni war ein großherziger Gastgeber, der mich Abend für Abend mit sanftem Zwang dazu brachte, genießerisch lächelnd mehr zu essen und zu trinken, als zur bloßen Erhaltung meiner Körperfunktionen notwendig gewesen wäre. Ich dankte ihm seine Fürsorge damit, daß ich bis in die frühen Morgenstunden an dem immer gleichen kleinen Tisch in einer nur spärlich ausgeleuchteten Ecke seines Lokals saß. Dann setzte er sich an meinen Tisch, und wir tranken stumm zwei letzte Schnäpse.

Das Taxi, auch das war mir schon zu einer Gewohnheit geworden, die Ihnen vielleicht als übertrieben vorsichtig oder gar wahnhaft erscheinen mag, das Taxi brachte mich dann in eine zehn Gehminuten vom Hotel entfernte Seitenstraße.

Sowenig ich jetzt, wo ich in der kalten Halle von Roma Stazione Termini auf die Abfahrt meines Zuges wartete, der Stadt, dem Kongreß oder gar meinem Hotel nachtrauerte, so sehr wußte ich, daß ich, gleichgültig, was kommen würde, der Trattoria »da Toni« treu bleiben würde.

Die Bahnhofshalle von Roma Stazione Termini sieht aus wie alle Bahnhofshallen dieser Welt. Sie ist ebenso zugig und ungemütlich wie verschmutzt und laut. Ich mag Bahnhofshallen nicht, aber ich verkehre regelmäßig in ihnen. Beruflich bin ich viel unterwegs, die Eisenbahn ist das einzige Verkehrsmittel, das mich nicht in den Wahnsinn treibt. Und ich habe seit über dreißig Jahren Angst, meinen Zug zu versäumen. Was zur Folge hat, daß ich jedesmal gute eineinhalb Stunden zu früh am Bahnhof stehe und warte.

Weil ich aber bald erkannt habe, daß der Zugang zur Hölle durch die Bahnhofsrestaurants dieser Welt führt, was organisatorisch klug gedacht ist, kommt es doch so, trotz des bekannt großen Andrangs, nie zu Rempeleien oder Wartezeiten, die die mittlere Zubereitungsdauer einer Tütensuppe überschreiten, eben deswegen vermeide ich diese Restaurants.

Ich habe Wochen meines Lebens in Bahnhofshallen zugebracht. Auf und ab gehend, einfahrende Züge inspizierend, die mich nicht im geringsten interessieren, kurz: sinnlos wartend. Aber so sinnlos das Ganze auch war, es war die sinnvollste Variante. Ich hatte mich längst schon daran gewöhnt.

Mein Zug sollte in achtunddreißig Minuten ab- und in fünfundzwanzig Minuten einfahren. Es war an der Zeit, mein Gepäck aus dem Schließfach zu holen.

Vor meinem Schließfach saß ein alter Mann auf einem Karton, neben sich zwei vollgepackte Plastiktüten. Ich zögerte kurz, er schlief. Noch bevor ich mir mein weiteres Vorgehen überlegen konnte, in solchen Dingen bin ich etwas unentschlossen, wachte er auf. Als ob er meine Anwesenheit gespürt hätte. Er lächelte mich zahnlos und stoppelbärtig an und erhob sich, mühsam, ächzend und stöhnend. Aber er blieb vor meinem Schließfach stehen.

»Geben Sie einem Menschen, der achtzig Jahre alt ist und immer noch Hunger hat, ein paar Lire«, sagte er.

Ich gebe keine Almosen, ich bin kein Katholik. Es gibt intelligentere Formen, jemanden zu beleidigen.

Und dann saß ich im Geist in der Trattoria »da Toni«.

»Hunger?« sagte ich. »Wenn Sie einverstanden sind, lade ich Sie zum Essen ein.«

Der alte Mann sah mich an, dann schaute er in die Runde, um schließlich kurz zu nicken.

»Ja«, sagte er, »das geht. Wenn ich in einer Stunde wieder hier bin, finde ich noch einen Platz für heute nacht. Das ist nämlich das wärmste Eck im Bahnhof und ziemlich gefragt als Nachtbleibe, müssen Sie wissen.«

»Ich verstehe«, sagte ich, »wir gehen ins Bahnhofsrestaurant.«

Der alte Mann schien nicht begeistert zu sein bei der Vorstellung, was ihn mir nur sympathischer machte.

»Es muß sein«, sagte ich, »leider. Ich versäume sonst meinen Zug.«

Er hatte, angesichts dessen, was im Angebot war, nicht schlecht gewählt, der alte Mann. Zuppa pavese, Involtini alla Romagnola, Cassata, einen halben Liter Rotwein, Espresso, Brandy. Ich hatte mich zu einem Viertel Liter Mineralwasser überreden können. Wir waren ein vielbeachtetes Duo. Der alte Mann mit seinen Plastiktüten und dem gefalteten Karton, »optimal«, hatte er gesagt, als ich mir einen fragenden Blick nicht hatte verkneifen können, wie er sich den Karton unter die Achsel geklemmt hatte, »optimal«, hatte er gesagt, »tagsüber drauf sitzen, nachts drauf schlafen«. Und ich mit meinen zwei Aluminiumkoffern im alten Ju-Design.

»Wie lange leben Sie schon so?« fragte ich, um nicht vollkommen stumm dazusitzen.

»Seit 1938, eigentlich«, sagte der alte Mann. »Auch wenn da noch etwas Militär und Krieg waren und dann ein paar Jahre in einem Büro, irgendwann, und das Jahr in einem Hotel in der Schweiz, aber eigentlich seit 1938, Dezember, um genau zu sein.«

»Eine lange Zeit«, sagte ich.

»Wie man's nimmt. In meinem Alter ist Zeit kein Begriff mehr. Weil sie nicht zu haben ist, ist sie wertlos geworden.«

»Gut«, sagte ich, holte meine Brieftasche aus der Jackentasche und zählte drei Hunderttausend-Lire-Scheine auf den Tisch, »dreihundert für dreißig Minuten. Erzählen Sie mir die Geschichte. Eine halbe Stunde, dann ist die Parkuhr abgelaufen, ich steige in meinen Zug, und Sie sitzen auf Ihrem Schlafplatz.«

»Ich weiß nicht«, sagte der Alte, »es ist lange her, daß ich das letzte Mal gearbeitet habe für mein Geld. Hab keine guten Erinnerungen daran.«

»Das ist etwas anderes«, sagte ich und schob die Scheine in seine Richtung, »Schmerzensgeld für die Qualität der Küche.«

Das war der eine Grund. Der andere war, daß der Alte seit langem der, nun, wie sagen, eigenartigste Mensch war, den ich in einem Bahnhof getroffen hatte. Er erinnerte mich, fragen Sie mich nicht, wieso, an meine jungen Jahre.

»Verstehe«, sagte der alte Mann und griff nach den Geldscheinen, »wenn es Sie glücklich macht.«

Und dann faltete er die drei Hunderttausender, einen nach dem anderen, fein säuberlich viermal über die Kante und reihte sie wie kleine Häuschen nebeneinander auf.

»Wenn Sie so wollen«, sagte er und schob ein Häuschen nach dem anderen einen Zentimeter nach vorne, »wenn Sie so wollen, waren die Schweine mein Unglück. Dabei sind es Glücksbringer. Um genauer zu sein«, er löffelte konzentriert die Zuppa pavese leer, »damals dachte ich, die Schweine wären mein Unglück gewesen. Es ist aber andersherum. Sie haben mir das Leben gerettet. Fette umbrische Mastschweine, aus denen das Blut lief.«

Er schob die leere Suppentasse zur Seite und sah sich nach dem Kellner um.

»Wenn man's eilig hat, muß das schlimm sein. Sie verstecken sich«, sagte er, und als ich sein Lächeln sah, fragte ich mich, woher er von meinen Qualen wußte.

»Doch«, sagte ich. »Es ist der Vorhof der Hölle. Und ich habe es eilig.«

»Also fange ich von vorn an«, sagte er, lehnte sich in seinen Stuhl zurück und tupfte sich mit der Serviette die Lippen trocken. Der Riß zwischen seinem Aussehen und seinem Benehmen wurde von Minute zu Minute größer. »1933 machte ich meine Matura, die Reifeprüfung, mit sechzehn Jahren also«, er redete sich in einen monotonen

Singsang hinein, so, als ob ihn das, was er sagte, nichts angehen würde, »ich muß das gewesen sein, was man ein frühreifes Kind nennt, eine Intelligenzbestie. Mit ministerieller Sondergenehmigung der faschistischen Behörde kam ich im selben Jahr noch auf die Medizinische Fakultät. Mit zwanzig hatte ich meinen Doktortitel und eine Forschungsarbeit in Histopathologie abgeliefert. Man reichte mich als Wunderkind herum, als Beweis für den Genius des Römischen Imperiums, und verglich mich mit Majorana.«

In diesem Augenblick brachte der Kellner die Involtini, der alte Mann würdigte ihn und den Teller keines Blickes, der Kellner seinerseits rümpfte die Nase. Die zwei wußten, was sie voneinander zu halten hatten.

»Spätestens das war ein ausgemachter Blödsinn«, sagte der alte Mann, »Ettore Majorana war ein Genie und der bedeutendste, wenn auch unbekannteste Physiker seiner Zeit. Wenn Sie mich fragen. Aber das ist eine andere Geschichte. Höchst interessant, im übrigen.«

Er schnitt sich eine dünne Scheibe von seinen Involtini ab, verzog, als er das Messer schärfer ansetzen mußte, leicht das Gesicht, spießte das Fleisch auf und begutachtete es kritisch von allen Seiten.

»Stellen Sie sich also einen Menschen vor«, sagte er, während er die Gabel vor und zurück drehte, »stellen Sie sich einen Menschen vor, der vom Leben nichts weiß, aber viel von der Wissenschaft. Das war ich. So in etwa.«

Und damit war das Fleischstück in seinem Mund verschwunden. Er lutschte darauf herum, zum einen, um den Geschmack zu ergründen, zum anderen, weil ihm sein zahnloser Mund recht viel mehr wohl nicht erlaubte.

»Durch meine Histologiearbeit war Professor Cervelatti auf mich aufmerksam geworden. Er bestellte mich zu sich und bot mir eine Assistentenstelle an.«

Er schnitt sich wieder ein Stück Fleisch ab, diesmal ein deutlich kleineres.

»Ich nahm an. Alles andere wäre eine unbeschreibliche Verrücktheit gewesen. Professor Cervelatti war damals schon ziemlich bekannt auf seinem Gebiet, Neuropathologie und Histopathologie eben, hatte dann bei Kraepelin, ein Name, der Ihnen nichts sagen dürfte«, ich nickte, »bei Kraepelin Klinische Psychiatrie studiert und war zwei Monate vor unserem ersten Treffen zum Professor für Psychiatrie an die Universität von Rom gerufen worden. Ich war also da, wo ich hingewollt hatte. Ohne eigentlich zu wissen, wieso.«

Wieder ein pathologisch dünner Schnitt in das Fleisch auf seinem Teller.

»Wir, ich darf der Einfachheit halber wir sagen, wir starteten 1935 unsere Experimente mit künstlich erzeugten Krämpfen. Cervelatti entwickelte in Zusammenarbeit mit Professor Blini die erste Apparatur für Elektroschocks. Ich kam damals wochenlang nicht mehr aus dem Labor heraus, wußte nichts von dem, was in der Welt geschah, bekam außer den Hunden, mit denen wir experimentierten, dem Professor, meinen Kollegen und der Putzfrau monatelang keinen Menschen zu sehen, auch keinen Patienten. Ich war glücklich. Irgendwann in dieser Zeit starb meine Mutter; ich vergaß, auf ihre Beerdigung zu gehen. Ich war endgültig zum Mediziner geworden.«

Und ich würde, sollte ich noch einen Schluck Mineralwasser trinken müssen, zum Alkoholiker werden. Ein entsetzliches Gebräu, Kohlensäure pur. Ich schaffte es, den Kellner davon zu überzeugen, daß man einem Menschen wie mir auch einen Espresso bringen kann. Erst als ich den Kaffee endlich vor mir stehen hatte, fiel mir auf, daß der alte Mann regungslos auf seinen Teller starrte. Er war irgendwo anders, weit weg, soviel konnte ich sehen. Aber ich hatte nicht die leiseste Ahnung, wo. Ich süßte mit zwei gehäuften Löffeln Zucker und versuchte, so leise als möglich umzurühren. Drei Runden sollte der Löffel drehen, beim zweiten Umlauf schlug er an.

»Varri hat er geheißen, oder Valli, ich kann mich nicht mehr erinnern, Cervelattis langjähriger Assistent jedenfalls, der kam eines Tages und erzählte, daß im Schlachthaus von Rom Schweine durch elektrischen Strom getötet würden.«

Der alte Mann war auf das Klingelzeichen meines Löffels hin mit dem alten, monotonen Singsang fortgefahren und hatte dabei nur kurz aufgesehen.

»Der Chef nahm diese Information zuerst als Bestätigung seiner Zweifel, was die Gefahren der elektrischen Behandlung von Menschen betraf. Dann fuhr er, ohne einem von uns etwas zu sagen, eines Morgens zum Schlachthof, um sich diese sogenannten elektrischen Schlachtungen anzusehen. Und erzählte, als er wiederkam, daß den Schweinen metallene, elektrisch geladene Zangen mit 125 Volt an die Schläfen gehalten wurden. Die Schweine fielen sofort bewußtlos um, erstarrten und wurden nach einigen Sekunden von denselben Krämpfen geschüttelt wie unsere Versuchshunde. Während dieser Zeit der Bewußtlosigkeit, die wir als epileptisches Koma definierten, stach der Schlachter die Tiere ohne Schwierigkeiten ab und ließ sie ausbluten. Diese elektrische Schlachtung war auf Vorschlag des Tierschutzverbandes eingeführt worden, um eine schmerzlose Tötung der Tiere zu ermöglichen.

Professor Cervelatti war an diesem Tag völlig aufgeregt. Er war sich sicher, daß die Schweine im Schlachthof das wertvollste Material für unsere Versuche bilden könnten. Für mich war das ein harter Schlag. Die Metzger hatten den Professor weiter gebracht als meine Forschungsarbeit. Ich ließ mir nichts anmerken und arbeitete, falls das möglich war, noch rastloser. Der Professor kehrte nun den Ablauf seiner Experimente um. Während es bei unseren Hunden sein Ziel gewesen war... übrigens, sagen Sie mir, wenn ich Sie mit Details langweile...«

»Nein, bitte, im Gegenteil«, sagte ich. Ich hatte vor, mir den Gegenwert von drei Gängen zur Gänze anzuhören.

»... bei den Hunden war es sein Ziel gewesen, ohne Schädigung des Tieres mit Hilfe einer minimalen Stromstärke einen Anfall auszulösen. Jetzt, nach seinem Besuch im Schlachthof, ging er von der Zeitdauer, der Voltzahl und der Anwendungsmethode aus, die nötig waren, um das Tier zu töten. Deshalb schickten wir mehrere Minuten lang elektrischen Strom durch Schädel und Rumpf. Unsere Beobachtung war, daß die Hunde selten starben, und wenn, dann nur, wenn der Strom durch den Körper und nicht durch den Kopf geleitet wurde. Diejenigen Hunde, die die stärkste Dosis erhielten, erstarrten während des Stromstoßes, blieben nach einem heftigen Krampfanfall manchmal minutenlang auf der Seite liegen und versuchten schließlich, sich aufzurichten. Wenn sie sich lange und ernsthaft genug anstrengten, gelang es ihnen aufzustehen, einige zögernde Schritte zu machen und schließlich davonzulaufen.«

»Wir schlossen aus diesen Beobachtungen ...«, der alte Mann drehte sich in den Speisesaal und rief laut: »La cassata!« Dann sprach er leise weiter. »Aufgrund dieser Beobachtungen hielten wir es für bewiesen, daß ein 125-Volt-Stromstoß durch den Kopf, bei einer Dauer von einigen Zehntelsekunden, einerseits mehr als ausreichend ist, um einen vollständigen Krampfanfall auszulösen, andererseits aber auch, daß er völlig harmlos ist. Professor Cervelatti gab Anweisung, nach einer geeigneten Versuchsperson zu suchen. Ich war der, der den Fund machte. Allerdings nicht auf der Straße, auf der ich wie gesagt schon seit Monaten nicht mehr gewesen war. Ich hatte Glück, die Beute fiel mir direkt in den Schoß. Während ich im Institut saß.«

Stellen Sie sich die Queen vor, wenn sie in ihrem Park in einen Hundehaufen tritt. Ein vergleichbares Gesicht machte der Kellner, als er mit der Cassata an unseren Tisch trat. Von mir bekommst du keine Lira Trinkgeld, mein Lieber, dachte ich.

Mein Tischgenosse hatte sich inzwischen einen hochherrschaftlichen Ausdruck aufs Gesicht gesetzt, als wäre er der Kaiser von China. Ich verkniff mir mein Grinsen nicht.

»Am 15. April schickte der Polizeikommissar von Rom einen Mann in unser Institut, ich war der, bei dem er abgegeben wurde. Der Eskorte des Mannes hatte der Kommissar eine Notiz mitgegeben. Und in der hieß es, ich weiß das noch wie heute: ›Salvatore Emeri, 39 Jahre, Maschinist, wohnhaft in Mailand, wurde auf dem Bahnhof Roma Stazione Termini verhaftet, weil er ohne Fahrkarte kurz vor der Abfahrt in Zügen umherlief. Er scheint nicht im Vollbesitz seiner geistigen Kräfte zu sein‹, schrieb der Kommissar«, sagte der alte Mann.

»Sie müssen wissen, daß Laien, und blutige besonders gern, nichts lieber tun, als pseudopsychiatrische Diagnosen zu erstellen. ›Ich schicke ihn in Ihre Klinik‹, schrieb der Kommissar weiter, ›damit er unter Beobachtung gestellt wird.‹ Ich brachte Salvatore Emeri zu meinem Chef, der Professor belobigte mich, wir gingen an die Arbeit.«

Der alte Mann lachte. »Und wir machten sie gut«, sagte er. »Drei Tage später stand für den Professor, und für mich damals auch, muß ich sagen, fest, was wir von dem Mann zu halten hatten. Das klang in etwa so: Der Patient zeigt klares, gutes Orientierungsvermögen. Er beschreibt unter Verwendung von Neologismen deliröse Vorstellungen, telepathisch beeinflußt zu werden, und hat entsprechende Sinnesstörungen. Seine Mimik entspricht dem Sinn seiner Worte. Er ist gleichgültig gegenüber seiner Umgebung, hat geringe affektive Reserven. Medizinische und neurologische Diagnose negativ. Täuscht bei der körperlichen Untersuchung Schwerhörigkeit und Sehstörungen vor. Aufgrund seiner Passivität, der Konzentrationsschwäche, der geringen affektiven Reserven, der Halluzinationen, der delirösen Vorstellungen, beeinflußt zu werden, und seiner Neologismen wurde ein schizophrenes Syndrom diagnostiziert.«

»Aha«, sagte ich.

»Ich weiß«, sagte der Alte, »das wird Ihnen nicht viel sagen.«

»Es geht so«, sagte ich, »ich nehme an, Sie und Ihr Professor dachten, er sei krank.«

»Ja. Sehen Sie, so beurteilten wir das Verhalten eines Mannes, der auf dem Bahnhof verhaftet worden war, ohne etwas verbrochen zu haben. Verhaftet, weil er ohne Fahrkarte kurz vor ihrer Abfahrt in Zügen umherlief, erinnern Sie sich? Die wollten ihn da einfach weghaben und haben ihn uns ins Zimmer gestellt. Und von uns war er dann polizeilichem Auftrag gemäß beobachtet worden, was auch heißt: drei Tage festgehalten, ohne irgendwelche Rechte. Heute weiß ich, was das heißt«, sagte der alte Mann.

»Damals, wie gesagt, war ich ein Kind, und Mediziner. Mein Professor wählte Salvatore Emeri für das erste Experiment zur Anwendung von Elektroschock am Menschen aus. In der Klinik hatte Cervelatti dreißig, vierzig Patienten, die meisten kannte er schon seit Monaten. Er nahm den Mann, der seit drei Tagen bei uns war, von der Polizei zur Beobachtung geschickt, weil er am Bahnhof in Züge gestiegen, aber nicht abgefahren war. Wir brachten zwei große Elektroden an seinen vorderen Kopfregionen an.

Der Professor begann, vorsichtig, mit einem niedrigen Stromstoß von 80 Volt und 0,2 Sekunden Dauer. Sobald der Stromstoß ausgelöst wurde, reagierte der Patient mit einem Zucken, seine Muskulatur erstarrte; dann fiel er, ohne daß er das Bewußtsein verloren hatte, auf das Bett zurück. Er begann, abrupt, in den höchsten Stimmlagen zu singen, und ich gestehe, ich mußte lachen in diesem Augenblick, und dann wurde er ruhig. Wir waren ziemlich nervös, wir wußten, daß das, was wir versuchten, das erste Mal an einem Menschen durchgeführt wurde, der Professor lief im Labor ein paar Schritte hin und her, und dann sagte er: ›Meine Herren, gönnen wir ihm etwas Ruhe, wir machen morgen weiter, mit höherer Voltzahl, wir liegen zu niedrig zur Zeit.‹ Da, und ich habe es bis heute nicht vergessen, und es hat mein ganzes weiteres Leben bestimmt, die Zeit, in der ich erwachsen war, da fing der Patient zu sprechen an. Klar und deutlich. Dieser Mensch, dessen Kauderwelsch bis dahin keiner von uns verstanden hatte, was wir ihm auch schriftlich und wissenschaftlich attestiert hatten, sagte plötzlich, klar und deutlich, und offensichtlich hatte er den Professor gehört, auf jeden Fall sagte er: ›Nein. Nicht noch einmal! Es ist tödlich!‹ Der Professor sagte kein Wort. Jeder von uns schaute zuerst ihn an, dann den auf seiner Liege festgebundenen Patienten. Mit einem Schlag, einem Stromschlag sozusagen, verstand ich, was der Patient gesagt hatte.

Ich ging. Verließ das Institut, die Universität, meinen Beruf, mein Leben, mich. Seither sind über achtundfünfzig Jahre vergangen, vierundfünfzig davon habe ich auf der Straße und in Bahnhöfen gelebt. Und habe deswegen immer erwartet, den Professor wiederzusehen. Trotzdem: Es sind gute Orte.«

»Und der Professor?« sagte ich.

»Wenn ich es schaffe, daß mir der Herr Kellner den Espresso und den Brandy innerhalb der nächsten fünf Minuten bringt, erreichen Sie noch Ihren Zug«, sagte der alte Mann, »und mit etwas Glück ist für mich vor den Schließfächern noch ein Platz frei.«

Er bekam seinen Espresso und den Brandy, ich bezahlte und gab, weil ich es mir inzwischen anders überlegt hatte, ohne zu wissen, warum, Trinkgeld.

»Gehen Sie«, sagte der alte Mann, »und treiben Sie sich nicht in Zügen herum.«

Ich stand auf, griff nach meinem Gepäck. Höchste Zeit.

»Der Professor«, sagte der alte Mann, »der Professor hat, das ist das, was ich weiß, mit 110 Volt weitergemacht. Und seine Arbeit mit dem Elektroschock bis an sein Lebensende fortgesetzt. Aber das ist auch schon wieder eine Weile her.«

Mein Zug fuhr pünktlich ab, und ich erreichte ihn noch.

Die Mutter Gottes in Pavillon IX

Als Dr. S. Hüff beschloß, daß es an der Zeit war, in den wohlverdienten Feierabend zu gehen, war es kurz nach Mitternacht und still im Haus. Mehr als fünfzehn Stunden, und das am sechsten Tag in Folge, konnte man auch von einem jungen, strebsamen und karrierebewußten Assistenzarzt nicht verlangen. Der Chef vielleicht, aber sonst keiner. Also legte Dr. S. Hüff Stethoskop, Sicherheitsnadel, Hammer, Watte, Stauschlauch, Löffel, Kugelschreiber und Stationsschlüssel fein säuberlich und geradlinig nebeneinander auf den Tisch, zog den weißen Kittel aus und hängte ihn an den Wandhaken.

Dann fiel ihm der Bericht ein. Der Patient, den sie ihm am späten Nachmittag auf Pavillon IX verlegt hatten. Einfach vom IVer in seinen IXer verschoben. Ohne zu fragen, ohne ihn auch nur zu verständigen.

Er hatte sich den Patienten angesehen. Ausführlich, geduldig und langsam, wie er es sich in den letzten Jahren angeeignet hatte. Er nahm sich Zeit für seine Patienten, mehr Zeit als die Kollegen, sehr viel mehr Zeit, schaute ihnen auch dann noch in die Augen, wenn die Kollegen schon längst zur Füllfeder gegriffen hatten. In den Augen sitzt der Wahnsinn, schau ihn dir lange genug an, damit er herauskommt, hatte der Professor immer gesagt. Und der Professor war berühmt und sein Vater gewesen. Aber inzwischen konnte er, der junge Assistenzarzt, länger in verrückte Augen schauen, als es der Professor oder einer seiner Kollegen jemals imstande gewesen waren.

Der Patient, den sie vom IVer auf seinen IXer verlegt hatten, ohne ihn zu fragen, war unruhig gewesen. Die Anamnese hatte zu nichts geführt, der Patient war auf und ab gelaufen und hin und her und war nicht ansprechbar. Und die IVer hatten die Unterlagen nicht mitgeschickt. Keine Krankengeschichte, keine Aufnahme, nichts. Er wußte, wieso. Weil man ihm, dem jungen Assistenzarzt Dr. S. Hüff, das Leben so schwer wie möglich machen wollte. Weil sie seine Methoden nicht guthießen, weil sie ihm seine Erfolge mißgönnten. Und welche Erfolge er vorzuweisen hatte! Obwohl seine lieben Kollegen ihm die schwierigsten Patienten schickten und immer ohne Unterlagen. Aber er schaute in ihre Augen, und wußte alles. Er verstand sie. Verstand ihre Krankheit, ihre Verrücktheit. Begriff, was sich wohin verschoben hatte.

Dr. Hüff setzte sich an seinen Tisch. Der Bericht. Ich habe ihm in die Augen gesehen, länger als alle anderen. Und ich habe gesehen...

Zu Anfang hatte er seine Berichte so begonnen. Die Kollegen Ärzte hatten gelacht und den Kopf geschüttelt. Seither schrieb er Berichte, die sie auch verstanden, Berichte über eingehende Untersuchungen. Visusprüfung, Würgreflex, Faszikulationen, Beinvorhalteversuch, Jendrassik-Handgriff, Kremaster, Babinski, umgekehrter Lasègue, Bárány-Zeige-Versuch, Palmomentalreflex, Hamburger-Wechsler-Intelligenztest für Erwachsene, Mini-Mental-State, Global-Deterioration-Scale, Minnesota Multiphasic Personality Inventory, Freiburger Persönlichkeitsinventar, Münchner Alkoholismustest.

Er hielt nichts von diesen Untersuchungen, sie brachten ihn nicht halb so weit wie das, was seine Augen zum Vorschein bringen konnten. Aber seine Reputation als Mediziner stand auf dem Spiel, und deshalb fügte er sich. Er wollte nicht mehr der Kollege mit dem irren Blick sein. So hatte ihn ein Oberarzt aus dem Hauptpavillon genannt, vor ein paar Wochen, und ihm dabei kollegial auf die Schulter geklopft. Er war wortlos aufgestanden und gegangen, und seither legte er sich noch mehr ins Zeug und arbeitete Tag und Nacht, unermüdlich und unerschrocken.

Das Berichtformular lag noch immer leer vor ihm. Er legte es zur Seite, öffnete eine Schublade, suchte nach der Spritze, zog sie auf und setzte sich die Injektion. Dann stand er auf. Es mußte einen Weg geben, seiner Methode zum Durchbruch zu verhelfen. Auch wenn er noch keinen Namen für sie gefunden hatte.

Dr. Hüff öffnete das Fenster, lehnte die Stirn auf die kühlenden Eisenstäbe und sog die frische Abendluft durch die Nase. Ein leiser Wind bewegte die Pinien, im Pavillon VI leuchtete parterre ein Fenster, Laternen erhellten die Kieswege, zwischen den Bäumen konnte er am anderen Ende des Parks gerade noch einige helle Fenster des 1er Pavillons ausmachen. Dort saßen die Chefs. Es war eine schöne Klinik, Pinien und Palmen, neun Pavillons in einem weitläufigen mediterranen Park, Überbleibsel aus der k.u.k.-Zeit, die modernst renoviert worden waren. Man mußte zu den Reichsten und Besten gehören, um in diese psychiatrische Privatklinik aufgenommen zu werden, als Patient wie als Arzt. Der Professor hatte sich daran erinnert, daß er sein Vater war, und ihm mit seinem Namen Zutritt verschafft.

Der Bericht. Er mußte den Bericht schreiben. Ihnen Futter geben. Er setzte sich an den Tisch und schrieb. Organisches Psychosyndrom, schrieb er, Beistrich, oder auch: ein großer Mensch mit einem kleinen Hirn. Ein sehr großer Mensch mit winzigen Augen. Und er setzte hinter den Satz einen fetten, schwarzen Punkt. Punktum. Dann hörte er den Schrei.

Mitten aus der Stille heraus drang der Schrei, wurde immer breiter und dunkler und lauter, bis er ins Gurgeln kam und schlagartig abbrach. Dann war es wieder still, stiller als vor dem Schrei. Er wußte: der Neuzugang. Zimmer sieben. Ums Eck, drei Türen weiter. Und dachte: Er wird mir den ganzen Pavillon aufwecken, ich werde Stunden brauchen, um sie wieder zu beruhigen. Der nächste Schrei. Lauter, länger. Er kam über den Gang. Schien ins Bad zu gehen.

Dr. Hüff stand auf und preßte sein Ohr an die Tür. Der große Mensch mit den winzigen Augen hatte zu singen angefangen. Sang O Maria Hilf, sang die Zeile wieder und wieder, schrie sie, stieß ein von oben nach unten im Ton absinkendes Ahhh aus, worauf ein Geräusch zu hören war, das klang, als ob etwas zu Bruch gegangen wäre, Glas nicht, eher Porzellan, und Dr. Hüff glaubte zu hören und zu verstehen, wie der große Mensch mit den winzigen Augen, der Patient, den sie ihm ohne Vorankündigung auf seinen Pavillon verlegt hatten, nunmehr in normaler Lautstärke und gleichmäßigem Tonfall dauernd O Meine Maria Königin Aller Heiligen Mutter Gottes wiederholte. O meine Maria Mutter.

Wo bleibt der Wärter, dachte Dr. Hüff, und kannte die Antwort schon. Saß sicher wieder bei seinem Kollegen im VIIIer Pavillon und trank die Weinflasche leer, die im Putzmittelschrank versteckt war. Vom Wärter war keine Hilfe zu erwarten, in dieser Nacht nicht mehr.

O Meine Maria Königin Aller Heiligen Mutter Gottes. Nein, dachte Dr. Hüff, das ist nicht mehr mein Fall, heute nacht nicht mehr. Ich gehe nach Hause, ich schaue in keine Augen mehr. Und nahm seine Jacke und die Stationsschlüssel und öffnete die Tür seines Zimmers. Einen Augenblick lang war es still. Dann fing der große Mensch mit den winzigen Augen wieder an.

Im Badezimmer brannten alle Lichter, die Tür stand offen. Dr. Hüff blieb einige Sekunden lang stehen und sah dem großen Menschen zu.

Der große Mensch mit den winzigen Augen stand vor der Rückwand des Badezimmers und sprach immer wieder den einen Satz. O Meine Maria Königin Aller Heiligen Mutter Gottes. Und jedesmal, nach jedem Satz, holte er tief und pfeifend Atem. Er stand in einer hellblauen Pyjamahose da, barfuß, mit einem nackten, breiten, buschig behaarten Oberkörper. Wiederholte seinen Satz und malte mit einem Finger Zeichen an die Wand, große, krakelige Zeichen, Striche mit Augen, ein Dreieck, dessen Kanten nicht ganz schlossen. Zwischendurch bückte er sich zur Wanne hinunter und tauchte seinen Finger in braune Farbe. Auf dem Boden lagen Scherben.

Doktor, du gehst jetzt, bevor er dich sieht, dachte Dr. Hüff. Heute hilft er sich selbst, und morgen ist ein anderer Tag, und dann wirst du ihm in die Augen schauen und alles sehen. Dr. Hüff warf einen letzten Blick ins Badezimmer. Der große Mensch mit den winzigen Augen blutete an den Füßen und malte mit seinem Kot Zeichen an die Wand. O Meine Maria Königin Mutter.

Dr. Hüff versuchte vergebens, die Tür von Pavillon IX mit einem seiner Schlüssel zu öffnen. Er ging sie noch einmal der Reihe nach durch. Das kann nicht wahr sein, dachte er, du kommst nicht raus, sie haben dich eingesperrt. Alle Fenster vergittert, und dein Schlüssel paßt nicht mehr. Heilige Mutter... Gefangen in Pavillon IX, nach fünfzehn Stunden Arbeit, und der große Mensch hat dich auch schon angesteckt. Der Haustechniker muß im Laufe des Tages das Schloß ausgetauscht haben, weiß der Teufel, wieso. Und hat vergessen, dir den neuen Schlüssel zu geben. Typisch. Der Wärter sitzt im VIIIer und trinkt sich einen an. Und du stehst hier und kommst nicht raus. Schon wieder typisch. Jetzt darfst du auch noch in Pavillon IX übernachten. Wünsche wohl zu ruhen, Dr. Hüff.

Der Weg zurück in sein Zimmer war ihm versperrt gewesen. Der große Mensch mit dem kleinen Hirn, den winzigen Augen und der Verehrung für die Mutter Gottes hatte damit begonnen, die Wände im Gang zu bemalen. Es war kein Vorbeikommen an ihm. Und Dr. Hüff war zu müde, um in seine Augen zu sehen. Bleibt der Keller, dachte er.

Der Schlüssel paßte. Im Keller war alles noch wie zu Kaisers Zeiten. Als vor zehn Jahren die Pavillons auf den neuesten Stand der Medizinalarchitektur gebracht worden waren, hatte man sich die Keller gespart. Heizungs- und andere Leitungsrohre waren durch die Gewölbe gezogen worden, an die Granitquadern gedübelt. Das war aber auch alles gewesen, was sich hier unten getan hatte. Lichtschalter und Lampenfassungen waren noch original antik.

Dr. Hüff hatte den Keller vor Monaten für sich entdeckt. Hier herunter kam er, wenn er im Gewühl der tagtäglichen Arbeit einige Minuten der Ruhe brauchte. Wenn er darüber nachdenken mußte, was er in den Augen seiner Patienten gesehen hatte. Einmal mußten sie ihn sogar aus dem Keller zur wöchentlichen Besprechung mit dem Chefarzt rufen. Er hatte das Gefühl für die Zeit verloren und den Termin vergessen. Der Chef hatte unentzifferbar gegrinst.

In einem der kleinen Verschläge stapelten sich Bände alter Zeitschriften und Bücher. Dr. Hüff breitete ein Dutzend davon nebeneinander auf dem Boden aus und legte sich darauf. Komfortabel war seine Lage nicht, aber er sah keine andere Möglichkeit, zu ein paar Stunden Schlaf zu kommen, ohne sich eine galoppierende Lungenentzündung zu holen.

Und dann kam kein Schlaf. Nicht wegen der unbequemen Lage, an die sich Dr. Hüff längst schon gewöhnt hatte. Es war der Kopf, der arbeitete und arbeitete und immer größer zu werden drohte dabei. Schließlich stand Dr. Hüff seufzend wieder auf und ging in dem Verschlag auf und ab.

Der Neuzugang machte ihm Sorgen. Seine winzigen Augen und das schwarze, buschige Haar auf seinem Brustkorb und den Schultern. Er fragte sich, was er in den Augen sehen würde. Und was die Haare verdeckten. Es würde sein entscheidender Fall werden, das wußte er inzwischen. Diesmal, Doktor, entscheidet es sich, dachte er. Wenn es klappt, werden sie nie mehr lachen oder dir auf die Schultern klopfen. Wenn nicht, klopfen sie dir auf die Schultern und entziehen dir die Approbation. Er legte sich wieder hin, um einiges ruhiger. Immerhin hatte er inzwischen die Alternativen klar im Blick.

Dann nahm Dr. Hüff einen der Jahrgangsbände, aus denen er sich sein Bett gebastelt hatte, und blätterte darin. Ein paar Zeilen lesen, um zu Schlaf zu kommen. Das hatte noch immer geholfen. Die letzten Monate war es Josephus Flavius gewesen. Heilende Lektüre. Auf den mußte er heute erzwungenermaßen verzichten. Aber vielleicht half ja auch die *Allgemeine Zeitschrift für Psychiatrie und psychisch-gerichtliche Medizin,* Jahrgang 1891. Er griff in die feuchten Seiten und schlug aufs Geratewohl auf.

»Ueber Rindenexcisionen, als Beitrag zur operativen Therapie der Psychosen«, von Dr. G. Burckhardt, las er. Dr. Hüff, sagte er, da haben Sie sich ja nachgerade den richtigen Band gegriffen. Und dann las er weiter.

Die folgenden Mittheilungen möchten das Interesse der Herren Collegen für ein Gebiet gewinnen, das ich vor bald zwei Jahren in der Absicht betreten habe, neue Hilfsmittel für die Behandlung sonst unheilbarer Psychosen zu finden. Keiner von den operirten Fällen war traumatischen Ursprunges, die Indicationen zur Operation waren deshalb rein psychiatrische. Beobachtung Eins: Aufgeregte Demenz (chronische Tobsucht), seit 16 Jahren bestehend, mit heftigen explosiv auftretenden Affecten und impulsiven Handlungen mit dem Charakter großer Gefährlichkeit. Vier sich folgende Operationen, Erfolg: dauernde Beruhigung.

Siehst du, sagte Dr. Hüff, und drehte sich auf seinem Zeitschriftenbett zur Seite, das gibt es: dauernde Beruhigung.

Frau B. A., in Préfagier den 3. Februar 1872 aufgenommen. Pat. ist 1837 geboren und hat sich 1857 verheirathet. Der Mann war Trunkenbold, deshalb die Ehe, aus der 3 Kinder stammen, unerfreulich. Pat. lebte in bäuerlichen, ökonomisch ordentlichen Verhältnissen. Sie soll früher gesund gewesen sein – von vaterseite her ist sie hereditär veranlagt. Im Sommer 1871 sollen gastrisch-nervöse Beschwerden aufgetreten sein, die als hysterisch betrachtet wurden. Im Herbst 1871 kamen dieselben wieder. Pat. klagte über »große Nervenaufregung, welche sie oft und ohne sonstigen Grund weinen mache«. Anfangs November wurde sie von der Familie bereits als geisteskrank gemeldet, von einem Arzt als hysterisch behandelt, besonders, weil sie wegen Mißhandlungen von Seiten des Mannes öfteren Emotionen ausgesetzt war. Pat. mußte bald nach ihrer Aufnahme in die Zellabtheilung versetzt werden, da sie für ihre Umgebung gefährlich wurde. Ohne Grund und ohne daß man sich dessen versah, theilte sie Fußtritte und Faustschläge aus, spie die Vorübergehenden an. Dabei war sie sehr verwirrt, unreinlich und zerriß. Sie hatte auch bessere Momente, sodaß die Ärzte eine Zeitlang auf Besserung hofften. Nach der damals bei uns noch üblichen Methode wurde sie beständig in Beschränkung gehalten. Sowie sie nur kurze Zeit freigelassen wurde, gab es die ärgsten Scenen. Wie eine Furie stürzte sie sich, sinnlos, auf die nächste beste, sie zu Boden reißend und mit Händen und Füßen mißhandelnd. Dabei war sie lärmend, schrie und schimpfte, sang und jauchzte stundenlang bei Tag und Nacht. Zwischendurch fanden sich Zeiten, wo sie eben so laut heulte, oder einfach nur perorierte, wie ein Mühlrad. Es war eine Seltenheit, wenn man nichts von ihr hörte.

Es hat ihr keiner in die Augen geschaut, Herr Kollege. Wie groß waren ihre Augen? Groß genug? Achtung, Dr. Hüff, Sie bekommen Besuch, sagte Dr. S. Hüff, als er die Schritte auf der Kellertreppe und das Gemurmel hörte. Naht Rettung oder Ungemach, dachte er, legte sich flacher auf die Zeitschriftenbände und stellte sich schlafend. Dann sah er, undeutlich durch die Wimpern hindurch, die Füße in der Tür des Verschlages. Der große Mensch mit dem kleinen Hirn und den blutenden Füßen. Er hatte ihn gefunden. Hat er mich gesucht? Und weshalb? Die Füße bewegten sich auf ihn zu, bogen dann nach rechts ab, hielten nach einem Meter, knapp vor dem Holzgitter, an und drehten sich wieder zu ihm zurück. Dann hörte er ein langes, langsames Ausatmen und ein leises Stöhnen, die Knie kamen in sein Blickfeld, die Hände, Arme, die Bauchwürste, der nackte Oberkörper, die Brüste. Der große Mensch mit dem kleinen Hirn hatte sich hingehockt, umarmte seine Knie und schaute aus winzigen Augen auf ihn.

Dr. Hüff setzte sich auf. Keine Sprechstunde, sagte er, Sie müssen morgen vormittag wiederkommen. Ich habe zur Zeit keine Sprechstunde, tut mir leid.

Der große Mensch begann, mit dem Oberkörper leicht vor und zurück zu wippen, ohne seinen Blick zu ändern. Und dann fing er wieder an: O Meine Maria Königin Aller Heiligen Mutter Gottes. O Maria Hilf. O Meine Maria. O Maria Hilf. Gleichmäßig, leise, tonlos.

Morgen, sagte Dr. Hüff, morgen kann ich Ihnen helfen, versprochen. Ein paar Stunden Geduld müssen Sie schon noch haben. Ich bin nicht im Dienst.

Der große Mensch hatte ihn nicht gehört. Wippte weiter und murmelte.

Seine Augen sind zu klein, dachte Dr. Hüff, es wird schwierig werden. Ich muß mich ausruhen. Sonst bin ich zu müde, morgen. Dr. Hüff legte sich wieder hin, seitlich, so, daß er in die Richtung des großen Menschen schaute, und nahm den Zeitschriftenband. Ich werde Ihnen etwas vorlesen, sagte er, mir hilft es beim Einschlafen, Ihnen vielleicht auch.

Die erste Operation an Pat. B. A. wurde am 29. December 1888 Nachmittags 2 Uhr vorgenommen. Es war beabsichtigt, einen Streifen vom lateralen Theil des oberen Scheitellappens und medialen des Gyrus in einer Breite von ca. 2 cm wegzunehmen. Zu diesem Zwecke wurden die Centren der Bohrlöcher in 60 % Hor. Sag.-Bogen und 50 resp. 75 % der Verbindungslinie abgesteckt und auf dem glattrasirten Schädel angemerkt. Der hufeisenförmige Lappen mit occipitaler Basis wurde in 2 Tempi gebildet. Nachdem die Blutstillung mit peinlicher Sorgfalt vollendet war, wurden mit dem Trepan die Löcher ausgebohrt, die Knochenscheibe mit dem Tirefond entfernt, die schmale Brücke zwischen den Löchern abgetragen und die Ränder mit dem Meißel verebnet. Die Knochen bluteten nicht stark. Die Dura, an einer Stelle ihres äußeren Blattes vom Trepan verletzt, wurde in zwei Lappen geschnitten und vor- und rückwärts umgelegt. Was uns nun alle frappirte, war die prächtige Pulsation des Gehirns. Die Oberfläche lag dem Knochen dicht an, und pulsirte mit dem Herzen. Man sah das Blut in den stark gefüllten Arterien und Venen dahinrollen. Nach kurzer Zeit aber begann sich die Hirnoberfläche zurückzuziehen, die gewölbte Oberfläche senkte sich ein und plattete sich ab, die Gefäße schrumpften zusammen, und ihre Pulsation wurde fast unsichtbar. Dieser Wechsel zwischen Blutfülle und Blutleere wiederholte sich nun, solange der Schädel offen und das Gehirn sichtbar blieb. Nachdem die erreichbaren Arterien und mehrere große Venen der Pia mit Catgut unterbunden waren, wurde die Pia der Länge nach eingeschnitten, mit Pincette vom Hirn abgelöst, und dann mittels scharfen Löffels die vorliegende Rinde abgetragen. Die Blutstillung durch Compression, Torsion und nochmaliger Unterbindung verschiedener tiefliegender und schwer faßbarer Piaarterien nahm ziemlich lange Zeit in Anspruch. Endlich, als alles trocken war, wurde die ganze Wunde mit Sublimat und sterilisirtem Wasser gereinigt; dann die Pia möglichst reponirt, die Dura mit Cutgutnähten, so nahe es ohne Zerrung möglich war, vereinigt und endlich der Hauptlappen mit Silberdraht und Seide genau vernäht. Drain. Antiseptischer Verband. Die Operation hatte 4 Stunden gedauert. Die Narcose, zwar einige Male durch Brechen gestört, durch 0,01 Morph. eingeleitet und mit ca. 85 g Chloroform durchgeführt, war sonst durchaus normal verlaufen. Pat. hat z. B. vom Einschneiden der Dura nichts gespürt. Es waren etwas über 5 g Gehirnrinde entfernt worden.

O Maria Hilf. Der große Mensch hatte seine winzigen Augen nicht eine Sekunde von ihm genommen, genausowenig wie er seine Beschwörungen oder sein Wippen unterbrochen hatte.

Sie wollen sicher wissen, wie die Geschichte ausgeht, sagte Dr. S. Hüff. Immerhin steht in Ihrem Krankenblatt: Organisches Psychosyndrom. Auch wenn ich Ihnen noch nicht in die Augen geschaut habe. Aber das haben wir ja schon besprochen. Wir kommen nun, Dr. Hüff überflog die Zeilen mit seinem Zeigefinger, überblätterte einige Seiten, nickte zwischendurch mit dem Kopf, wir kommen nun also, sagte Dr. Hüff, zum Ende der Geschichte. Zusammenfassend müssen Sie dazu allerdings wissen, daß innerhalb, Augenblick, er blätterte wieder zurück, innerhalb von vierzehn Monaten vier Operationen an der Patientin vorgenommen wurden, bei einer Gesamthirnentnahme von, Augenblick noch mal, also von vierzehnkommafünf Gramm. Und damit, mein lieber großer Mensch mit dem kleinen Hirn und den winzigen Augen, kommen wir zum bereits angekündigten Ende. Und dann wollen wir für ein paar Stunden schlafen. Versprochen?

Ende Januar 1890. Der Zustand ist stationär. Was erreicht worden ist, ist allerdings erfreulich. Die Pat. hat einen großen Theil ihrer Heftigkeit und Gewaltthätigkeit, ihres spontanen Lärmens und Singens, offenbar auch ihrer Gesichts- und Gehörshallucinationen verloren. Ihr Schlaf ist wiedergekehrt, sie erträgt die Gegenwart und Hilfeleistung andrer Personen. Öfters giebt sie Beweise einer richtigen Beobachtung und Schlußfolgerung, so dement sie im Übrigen scheint. Aber ein Gespräch kann man nicht mit ihr führen. Sie ist wie worttaub. Spricht man mit ihr, so vermehrt sich nur ihr eigenes Verbigeriren und steigert sich zu Drohungen. Man bekommt sehr selten Antwort auf seine Fragen. Immerhin fällt uns angenehm auf, daß Pat. sehr viel weniger Unanständigkeiten sagt. Seit Wochen ist nicht die leiseste Störung vorgekommen. Man hört absolut nichts mehr von Frau Borel. Meistens ist sie ganz ruhig, sitzt mit gekreuzten Armen da, manchmal blickt sie mit klarem Auge um sich, manchmal sieht sie wie schläfrig drein. Oft verfolgt sie mich nur mit den Augen, wenn ich bei ihr vorbeigehe; oft streckt sie mir die Hand hin oder murmelt einige Worte. Selten spricht sie halblaut. Sie wird weder von den anderen Kranken noch von den Wärterinnen mehr gefürchtet, sie wird im Gegentheil verhätschelt, die Wärterinnen behandeln sie wie das Kind der Abtheilung.

Sehen Sie, sagte Dr. Hüff zu dem großen Menschen, der nur noch in Andeutungen vor und zurück wippte und seine Beschwörungen flüsterte, wir stellen fest, es ist Sie eine ähnliche natürliche Schläfrigkeit überkommen wie mich. Deshalb, er klappte den Zeitschriftenband zu und ergänzte damit das Kopfstück seiner Matratze, legen Sie sich jetzt neben mich, und lassen Sie uns etwas schlafen. Der große Mensch schaute Dr. Hüff aus winzigen Augen ins Gesicht und reagierte nicht. Da legte sich Dr. Hüff müde auf die Zeitschriftenbände, klopfte mit der flachen Hand auf den schmalen freien Streifen neben sich und schnarchte zweimal. Der große Mensch schien verstanden zu haben, er erhob sich mühsam und schnaufend aus seiner Hocke, kam zu Dr. Hüffs Matratze und legte sich, genauso mühsam und schnaufend, neben ihn. Träumen Sie gut, sagte Dr. Hüff. Ja, sagte der große Mensch.

Und das Licht brennen lassen, sagte der Pfleger, das haben wir gern. Unser Doktor und der Neuzugang. Doktor, sagte der Pfleger, haben Sie einen neuen Leidensgefährten für Ihre Kellernächte gefunden, ja? Robust genug ist er ja. Obwohl Sie genau wissen, Doktor, daß Sie den Kellerschlüssel nur bekommen haben unter der Voraussetzung, daß Sie niemanden mitnehmen. Wenn ich das melden würde, wären Sie Ihre Vergünstigungen los. Nur weil Sie der Sohn eines Professors sind, kann ich Ihnen nicht alles durchgehen lassen. Am wenigsten, daß Sie Ihre Mitpatienten gefährden. Das müßten Sie inzwischen doch wissen. So kommen Sie nie aus der Geschlossenen raus.

Ich muß jetzt, sagte Dr. S. Hüff. Meine Sprechstunde beginnt gleich. Und bringen Sie das organische Psychosyndrom hier zuallererst bitte ins Bad. Es hat sich an der Mutter Gottes schmutzig gemacht.

Die Festung

Das Übel hat ihn wieder angefallen. Die Sucht. Die Krankheit. Eigentlich hat er gedacht, daß die Geschichte ausgestanden ist. Der Arzt hat ihm Hoffnung gemacht. Und jetzt das.

Vor einem Monat noch hat ihm der Doktor gesagt, daß er geheilt ist. Er hat es geglaubt und sich gesund gefühlt. Wiederhergestellt. Ein neuer Mensch. Und jetzt das.

Nacht ist es, und die Nacht leuchtet orange hier unten. Mauern. Die Scheinwerfer entlang der Stacheldrahtzäune. Ich muß hier raus, sagt er, und dann hört er sich reden und erschrickt und schmeißt sich in den Schatten, an die Granitmauer. Der Granit. 255 000 Kubikmeter, das weitaus vortrefflichste und theuerste Material zu solchen Zwecken. Schöner, fester, silbriger Stein, wo Mondlicht hinfällt; golden, wo die Scheinwerfer auftreffen. Millimetergenau behauene Quadern, übergroß, alte Handarbeit, präzise. Und feucht. Als ob der unter der Festung liegende Stausee übergelaufen wäre. Angestiegen bis hier herauf. Ungemütlich ist es. Naß und kalt und anstrengend, in der Hocke. Und er zittert. Vor Lust. Wieder in der Festung. Wieder da.

Anfang der dreißiger Jahre faßte Ihre kaiserliche Hoheit der Erzherzog Johann den Gedanken, das im Herzen von Tirol liegende Plateau von Schabs zum Zwecke eines für Tirol dienenden Haupt-Waffen- und Depot-Platzes zu befestigen und zur größeren Sicherheit desselben auch die drei Hauptzugänge zu demselben abzusperren, nämlich die von Botzen kommende Chaussée bei Clausen, die von Innsbruck kommende Chaussée bei der hohen Brücke/Ladritscher Brücke nächst Aicha und die von Brunnecken kommende Pusterthaler Chaussée bei der Mühlbacher Klause.

Jeder Satz, den er einmal über die Festung gelesen hat, kommt ihm hoch heute nacht. Das Übel hat ihn wieder angefallen, ist ihm ins Gesicht gesprungen, hat sich angeklammert, läßt ihn nicht mehr aus, setzt sich fest.

Zwei Jahre lang hatte er gedacht, es überstanden zu haben. Nachdem er dem Übel zehn Jahre lang verfallen war. Es ist ein Übel, hatte der Doktor gesagt. Er hatte es ihm nicht geglaubt. Obwohl er Arbeit, Freunde und Frau verloren hatte in den zehn Jahren, in denen die Festung sein Ein und Alles gewesen war. Zehn Jahre, in denen er ihr zuerst jede freie Minute und jede ersparte Lira, später jede Minute seines Lebens und buchstäblich alles, was er zu Geld machen konnte, geopfert hatte. Für die Festung hatte er getan, wozu er für einen Menschen nie bereit gewesen wäre. Die Festung hatte ihm alles gegeben. Und jetzt hatte sie ihn wieder.

Wahn, Wahnvorstellungen, pathologisch, aber nichts, was nicht repariert werden könnte, hatte der Doktor gesagt, wenn Sie geheilt werden wollen, müssen Sie mir allerdings vertrauen. Und dann hatte der Doktor ihn, nach wochenlangen, endlosen Gesprächen, dazu gebracht, für seine tägliche Fahrt zur Arbeit nicht mehr den Bus zu benutzen, sondern den Zug. Er hatte sich davor gefürchtet. Die Augen geschlossen gehalten, zugedrückt sekundenlang, schloß sie jedesmal, hielt sich die Hände vors Gesicht, bis sie durch waren. Der Zug und er, durch die Festung.

Todesmüd war er an solchen Tagen zur Arbeit gekommen nach der Fahrt durch die Festung, war zweimal sogar eine Haltestelle früher ausgestiegen und den ganzen Weg zu Fuß gelaufen. Nur um ihr zu entkommen.

Sehen Sie, die Festung, wie Sie sie nennen, hat sich in Ihnen festgesetzt, Sie sind an ihr erkrankt. Aber das kriegen wir schon hin, hatte der Doktor gesagt. Wir werden Ihnen Ihre Wahnvorstellungen schon austreiben. Oder, wenn Sie's medizinisch wollen, wir werden Sie therapieren. Es ist kurierbar, keine Sorge, hatte der Doktor gesagt.

Und sie hatten sich getroffen, zweimal die Woche, geredet, er geredet, der Doktor gefragt, alles und nach allem. Und dann hatte ihn der Doktor in sein Auto geladen, war losgefahren, hatte die Fahrt lang kein Wort gesagt. Unter der Festung, in der Durchfahrt unter der Festung, einer Art gemauerter Tunnel, hatte der Doktor angehalten.

Was möchten Sie jetzt tun, hatte der Doktor gesagt, was? Aussteigen, hatte er gesagt und war nicht ausgestiegen. Und der Schweiß war ihm von der Stirn in die Augenwinkel geronnen und brannte in den Augen, und der Schweiß war nicht das einzige, was in ihm brannte. Der Doktor hatte ihn vom Lenkrad her angesehen und dann gelächelt, gut, wenn Sie müssen, steigen Sie aus, hatte er gesagt. Aber denken Sie zuerst einen Augenblick darüber nach. Darüber, was wir die letzten sechs Monate besprochen haben, darüber, was für ein Leben Sie heute führen und wie das vor einem halben Jahr war. Sie sind noch lange nicht gesund, aber Sie können es werden, hatte der Doktor gesagt.

Und er hatte sich den Schweiß von der Stirn gewischt und aus den Augenwinkeln und blinzelnd versucht, die grau gewordenen Granitmauern vor und neben und über ihnen zu sehen, aber gesehen hatte er einen grauen Schleier, und er hatte angefangen zu weinen. Und war nicht ausgestiegen. Es war der Anfang vom Ende gewesen.

Ein Jahr später hat der Doktor ihm die Hand gedrückt, bravo, Glückwunsch, gut gemacht, Sie sind geheilt, entlassen, hat er gesagt.

Das ist vor einem Monat gewesen. Das ist gewesen, bevor er sich in das Fernsehzimmer des Männerwohnheims gesetzt hat. Bevor er den Bericht im Fernsehen gesehen hat.

L'oro della fortezza. Das Gold der Franzensfeste.

Die ewigen Geschichten. Plötzlich war jedes Wort wieder da, jedes Detail, jedes Bild, alles, was er in den zehn Jahren, die er für die Festung gelebt hatte, buchstäblich für sie gelebt, Tag und Nacht, was er in den zehn Jahren in sein Hirn geladen hatte, stückweis, Stück um Stück, Stein um Stein, bis die Festung in seinem Hirn groß und wuchtig, so imposant gewesen war wie die Festung, deren Bild er jetzt auf dem Bildschirm sah.

Und als einer der anderen im Fernsehzimmer des Männerwohnheimes auf einen bunteren Kanal umschaltete, sprang er auf, gab einen Schrei von sich, das Glas hörte er noch splittern, und das Stuhlbein in seiner Hand spürte er und das Blut, das ihm übers Gesicht lief, und dann hörte und spürte er nichts mehr und wußte von nichts mehr.

Ahnt nur, jetzt, daß er gelaufen ist, weit, weiter, als es ihm seine stechenden Lungen eigentlich erlauben hätten dürfen und die nackten Füße, die vor ihm liegen.

Er ist zurückgekehrt in die Festung.

Hier kennt er jeden Stein, jeden Winkel, jede Geschichte, jeden Menschen, hat er manchmal gedacht, denkt er jetzt, jeden Menschen, der in den hundertsechzig Jahren der Festung hier gelebt hat.

Er steht auf, spürt seine blutenden Füße nicht und schleicht durch die Festung, vorbei an den Wachen, außerhalb der Kegel der Scheinwerfer, ohne sich von den Geräuschen der Autobahn stören zu lassen, die gefühllose Menschen vor dreißig Jahren, als es mit der Festung schon längst bergabgegangen war, über sie hinweg gebaut hatten. Es ist wie früher. Und er zieht die Luft tief ein, durch die Nase, und schnuppert. Hält den Atem an. Und kann sie riechen, die Festochsen am Drehspieß.

Am 17. August 1838 verließen die Majestäten Innsbruck und reisten dem Süden zu. Am 18. August geruhte nun der Kaiser Ferdinand I. in seinem Allerhöchsten Beisein die Einweihung und Taufe der Festungswerke bei Aicha vornehmen zu lassen. Der Bau stand wie ein Löwe trotzend und doch malerisch schön da. Der Fürstbischof sprach die eigens von ihm für diesen festlichen Zweck zusammengestellten Gebete und Psalmen und rief dabei den Allerhöchst bestimmten Namen Franzensfeste aus. Die Majestäten näherten sich dann mit dem Fürstbischofe dem Festungstore, an welches der Bischof mit einem silbernen Hammer drei Schläge und hierauf der Kaiser ebenso viele Schläge machte. Die Tore öffneten sich, die Kanonen donnerten. Als die Majestäten ihre Fahrt nach Brixen antraten, brach die Menge in lauten Jubel aus.

Er läuft durch die Kasematten, kriecht durch Belüftungsschächte, umgeht die Absperrgitter des italienischen Heeres. Jeden Winkel der Festung will er sehen, wieder sehen, lang haben sie sich nicht gesehen.

Die Franzensfeste. Monumentale Festungsanlage aus dem frühen 19. Jahrhundert, deren Bau umgerechnet und wertberichtigt 1681 Milliarden Lire gekostet hat und auf die trotzdem nur dreizehn Kanonenschüsse abgegeben wurden. Kaiser Franz I., letzter Kaiser des Heiligen Römischen Reiches und erster Kaiser Österreichs, erließ nach den für ihn qualvollen Erfahrungen der Napoleonischen Kriege den Befehl, an der Talenge bei Aicha nördlich von Brixen ein Bollwerk gegen Franzosen, Aufklärung und liberales Gedankengut zu bauen. Unter dem Kommando von Erzherzog Johann, Generaldirektor des Genie- und Fortifikationswesens, und nach Plänen des Festungsarchitekten Ingenieurgeneralmajor Franz von Scholl verbauten in den Jahren 1833 bis 1838 an die 4500 Handlanger, 1721 Handwerker, 400 Soldaten, diverse Hauptleute, Oberleutnants und anderes Kommandopersonal 20 Millionen Mauerziegel und 255 000 Kubikmeter Granit.

Die Schanzen, das Reduit, die Blockhäuser, unter denen nur die Unverständigen sich Holzhütten vorstellten, Werk A, Werk B, Werk C, einfaches Tracée, die Turmforts, die Lafettierungen, Albrecht Dürer, der 1527 Etliche unericht / zu befestigen der Stett / Schlosz / und flecken geschrieben hat, Erzherzog Johann, der alles über die Raumverteidigung wußte. Ziegeleien, Sägewerke, Steinbrüche, Küchen,

Barackenlager, Lazarett, Friedhof, Wasserleitungen, Straßen, Brücken; fünf Jahre lang stand hier eine Stadt, und ihre Bewohner bauten eine Festung. Als sie damit fertig waren, verschwanden sie und verschwand auch die Stadt. Und kein Bauer wundert sich mehr über die Geländestufen in seiner Heuwiese. Es springt ihn wieder an auf seinem Weg durch die Festung, bricht sich von außen nach innen und von innen nach außen Bahn.

Wegen Geldmangels kam es zwar 1845 zum Bau einer bombensicheren neugotischen Festungskapelle, aber erst 1847 zur Bestückung mit Kanonen. Seither hat die Franzensfeste militärisch keine Rolle mehr gespielt. Bis auf einen Tag im März 1862, als die k.u.k.-Armee dreizehn 24pfündige Granaten auf ihre eigene, militärisch inzwischen längst sinn- und nutzlos gewordene Festung abfeuerte: zu Testzwecken. Ab 1880 gab es für die Franzensfeste keinen Festungskommandanten mehr. Sie wurde lediglich als Militärdepot verwendet. Im November 1918 stießen die Italiener nach dem Waffenstillstand kampflos durch die Franzensfeste bis nach Innsbruck vor. Die Festung blieb weiter Depot. Das nahe der Festung entstandene Dorf Franzensfeste hieß nun Fortezza. Ab 1935 wurde der Eisack, der rechts von der Anlage durch eine enge Schlucht fließt, gestaut und ein Kavernenkraftwerk in den Felsen gesprengt.

Im September 1943 marschierte die Wehrmacht des Dritten Reiches in Südtirol ein und errichtete in der Franzensfeste ein Depot. In der Nähe wurde ein russisches Strafgefangenenlager aufgebaut. Am 17. Mai 1945 befreite die US-Armee das Gebiet und räumte die Franzensfeste.

Es ist Tag geworden, inzwischen, der wievielte Tag es ist,

wie lange er schon hier ist, weiß er nicht. Wachwechsel, das ewig gleiche, schludrige Ritual der Gebirgssoldaten. Aber wer außer ihm will auch schon hier herein, alle wollen sie möglichst schnell daran vorbei, Autobahn, Staatsstraße, Eisenbahn.

Er versorgt sich in einem der Verpflegungsdepots mit Militärschnaps, trockenen Keksen und Schokolade, das reicht ihm, davon hat er jahrelang gelebt.

Und dann steigt er durch den steilen, langen bombensicheren Gang nach oben ins Obere Werk, unter der Autobahn durch, verzweifelt haben sie einen sicheren Untergrund für ihre Pfeiler gesucht in dem von Gängen durchbohrten Berg, er zählt die Stufen, wie immer, 433 sind es, immer noch, es ist immer noch der Augenblick, in dem er wirklich riskiert, entdeckt zu werden: hier in diesem schmalen langen Gang.

Sein Großvater hatte ihm erzählt, ein kleines Kind war er gewesen, da hatte ihm der Großvater erzählt, und oft hatte er sich gedacht, in den letzten Jahren, deswegen, vielleicht, sicher deswegen hängt alles, was ich bin, an dieser Festung, der Großvater hatte ihm erzählt, daß er im zweiten Krieg im Oberen Werk Wachposten gegangen war. Und hatte ihm erzählt, nachdem es ihm die Großmutter erzählt hatte und er den Großvater gefragt hatte, einige Jahre später, von dem versprengten deutschen Offizier auf dem Rückzug, ein blutjunger Mensch, den der Großvater übernachten hatte lassen im Stall trotz der Angst der Großmutter, weil's auch nur ein Mensch war, hatte er gesagt. Hatte erzählt, daß der Offizier am nächsten Morgen sich bedankt hatte und einen Koffer unterstellen wollte, den er, der Großvater, falls der

Koffer nicht abgeholt würde innerhalb eines Jahres, samt Inhalt behalten könne. Großvater hatte eineinhalb Jahre gewartet und dann den Koffer geöffnet, in dem Geld und Gold lagen. Und Großvater war zur italienischen Polizei gegangen und hatte den Koffer mitgenommen. Gelacht werden sie haben und das Geld unter sich aufgeteilt, hatte die Großmutter immer gesagt.

Fifth Army, Fortezza Area, Italy. Maj. Sherman L. Anderson, and Lt. Col. James H. Penick, both of the Allied Finance Agency in Rome. They are checking the boxes of gold coins. This is part of the gold reserve that was stolen by the germans in Italy, estimated at one half billion Dollars in bullion. (5/MM-45-9449. 196th signal photo CO). Stolen from Rome when the germans retreated, and was stored by russian slave labor (5/MM-45-9453. 196th Signal photo CO). Fünfte Armee, Franzensfeste, Italien. Maj. Sherman L. Anderson und Oberstleutnant James H. Penick, beide von der Finanzagentur der Allierten in Rom. Sie kontrollieren die Kisten mit Goldmünzen, die Teil der Goldreserven sind, welche die Deutschen in Italien gestohlen haben und welche einen geschätzten Wert von einer halben Milliarde Dollar in Goldbarren haben. Während des Rückzuges der Deutschen von diesen in Rom gestohlen. Die Deutschen haben russische Zwangsarbeiter benutzt, um das Gold zu lagern.

In all den Jahren, in denen er in der Festung gelebt hat, in jedem ihrer Winkel, auch da, wo keiner hingekommen ist seit Jahrzehnten, in all den Jahren hat er nie Gold gesehen. Er war nicht auf der Suche danach, und er hat es auch nicht gesehen. Und wenn er keines gefunden hat, ist keines da. Er ist der einzige, der die Festung kennt. Die Staatsanwälte nicht, die Richter nicht, die mit großem Polizeiaufgebot in den achtziger Jahren da waren und denen er aus seinem Versteck heraus zugehört hat bei ihrer Suche nach dem Gold, die Reporter nicht, die Fernsehteams nicht, die Carabinieri, die Finanzer, die Polizei, das Militär nicht. Keiner kennt die Festung, außer ihm.

Und jetzt, nachdem er zwei Jahre lang versucht hat, die Festung zu vergessen, aus seinem Leben zu vertreiben und seinem Hirn, ein Mensch zu sein, wie der Doktor gesagt hat, jetzt ist er wieder hier, hat sie ihn wieder, die Festung, seine Festung.

Zwischen 1945 und 1947 ist die Festung unbesetzt. Seither halten sich Gerüchte, in der Franzensfeste sei noch Gold versteckt: entweder weitere Teile des Goldschatzes der italienischen Staatsbank oder der Staatsschatz der faschistischen kroatischen Ustascha-Regierung. Seit 1947 wird die Franzensfeste vom italienischen Militär als Munitionsdepot benützt.

Und dann hört er Geräusche und Bewegung. Schmeißen sie mir wieder eine Drogenleiche von der Autobahn herunter, denkt er, wie damals. Nicht nur das. Ein paar Jahre später hatte er es, weil er alles las über die Festung, auch das Letzte, nachlesen können. Wo waren Sie vor drei Tagen? Weiß ich nicht mehr. Dann helf ich Ihnen weiter. Sie standen mit Ihrer Zugmaschine auf dem Pannenstreifen der Autobahn, Nordspur, bei Kilometer 87. Und? Der Bulle ließ den Eiswürfel ein paar Runden in seinem Whiskeyglas drehen. Ganz in der Nähe haben wir eine Leiche gefunden, sagte er. Ganz in der Nähe ist übertrieben. In die Festung hatten sie sie ihm geschmissen, die Leiche. Er hofft, daß es diesmal keine ist. Weil es sonst wieder für ein paar Tage aus ist mit der Ruhe, in seiner Festung. Und das kann er nicht dulden, jetzt, wo er für immer zum Festungsbewohner geworden ist.

Von einem Toten war in dem Fernsehbericht die Rede gewesen, einem jungen Mann, der mit maschinengeschnitzten Weihnachtskrippen gehandelt und vier Millionen Mark auf einem deutschen Konto liegen hatte. Man hatte ihn erschlagen aufgefunden. Und ein Zeuge wollte in einem der Männer, die anscheinend am Tatort gewesen waren, einen Militär wiedererkannt haben, der in einem zwei Wochen zuvor ausgestrahlten Film zum Gold der Festung interviewt worden war.

Die Beziehung zwischen dem Unteroffizier und der 1833 erbauten Dame aus Stein währt seit dreiundzwanzig Jahren. Ich bin fasziniert von diesem Fort, ja verliebt, gesteht der Unteroffizier. Der angebliche Goldschatz hat dem Herrn der Festung zwar keine schlaflosen Nächte bereitet, dennoch ist er hundertprozentig sicher, daß etwas von dem Gold noch hier ist in der Festung. Wenn der Unteroffizier zu Jahresende die Festung verläßt und sich als Rentner zurückzieht, werden seine Spuren noch jahrelang sichtbar sein – in Form von Ziegendreck. Über Jahre hatte der Unteroffizier in seiner Festung zehn Ziegen gehalten.

Dann war von verschwundenen Waffen, von Plastiksprengstoff, Zündschnüren, Minen und Panzerabwehrraketen die Rede gewesen in dem Fernsehbericht über den Toten und die Festung. Und er hatte verstanden, was das bedeutete. Daß er zurückmußte, um sie zu beschützen. Um bei ihr zu sein, wenn sie in sie eindrangen. Deswegen war er im Fernsehraum explodiert.

Und dann sieht er den Staatsanwalt. Ein lauter, übereifriger Mensch. Und die Carabinieri. Dreißig zählt er. Und die Fotografen und die Journalisten. Und pirscht sich an sie heran, immer im Schutz seiner geliebten Granitquader und hört sie reden und hört ihnen zu und traut seinen Ohren nicht.

Sie reden, immer noch, von Waffen und Geld und Gold. Und dem einen toten Krippenhändler. Daß bei der Obduktion in seinem Magen Speckknödel gefunden wurden. Und sie reden von der Festung und ihrem Kommandanten. Und davon, daß sie diesmal die Festung wirklich auf den Kopf stellen wollen, daß die Untersuchungen keinen Stein auf dem anderen lassen werden, daß einmal ein Ende sein muß mit den Gerüchten.

Ihr, denkt er, habt nichts verstanden. Solange diese Festung steht, wird sie in euren Hirnen spuken. Aber ihr seid ihrer nicht würdig. Ihr habt kein Gefühl und keine Ahnung.

Wie, denkt er, Doktor, wenn du mich hörst, wie soll ich draußen leben? Sie sind blind und taub und respektlos. Und die Festung ist wehrlos. Deswegen, Doktor, muß ich sie beschützen. Und keiner wird sie auf den Kopf stellen. Niemand soll sie nackt sehen. Außer mir. Ich habe vorgesorgt. Wenn sie ihr zu nahe kommen, werden wir alle in die Luft fliegen und dann auf die Wiesen herunterregnen. Die Ruhestörer, ich und die Festung.

Das Kettenkarussell

Endlich war es richtig Weihnachten geworden. So wie es früher einmal war. Schnee, halbmeterhoch, leicht, flockig, sogar in den Straßen der kleinen Stadt am Rande der Berge lagen ein paar Zentimeter. Und es roch nach Bratäpfeln, Keksen, Sternspritzern und Glühwein. Die Welt war friedlich und wie in Wolle gehüllt.

Die Firma hatte Geschäftsfreunde, Kunden, Lieferanten, Behördenvertreter und leitende Angestellte zur jährlichen Weihnachtsfeier im kleinen Kreis eingeladen. In ein gutes Lokal, ein sehr gutes. Eines, dessen Weinkeller einen noch besseren Ruf hat als seine Küche.

Die Firma war eine große, der kleine Kreis, das waren knapp vierzig Personen. Man aß hausgemachte Gänseleberterrine und trank und feierte und prostete sich zu. Als der zweite Gang, irgend etwas auf Sauerampfer, abgeräumt wurde, verteilten ausgesucht junge und hilfreiche Damen aus der Buchhaltung Geschenke, Kristallgläser mit zurückhaltend handgraviertem Firmenzeichen am Kelchfuß, man aß weiter und trank weiter, hörte zwischendurch für Sekunden den vier Musikern zu, die Weihnachtslieder in leichten Jazz verpackten, stieß an, gratulierte sich zum erfolgreichen Geschäftsjahr, der Seniorchef hielt, als das Sorbet aufgetragen wurde, eine kleine, wirklich nicht lange Ansprache, so humorvoll, wie man es von ihm gewohnt war, man applaudierte, prostete sich zu, wünschte sich im vorhinein schon alles erdenklich Gute, wer über die Feiertage im Land blieb, verabredete sich für Stephani zum Schifahren oder zu Silvester in der Südsee, man lobte den Hirsch, pries seinen Jäger und zog den Hut vor seinem Koch und der einheimischen Kellerei, die es auf vier Sterne gebracht hatte vor einem Monat. Zeitgleich zum nächsten Gang fand eine kleine, äußerst erfolgreiche Sammlung für Bergbauern in Not statt, der Dessertwein aus Sizilien fand mehr Interessenten als der Niederösterreicher, bis der Junior beherzt zur Flasche griff und sich für ihn verwandte, immerhin liegt er uns rein sprachlich näher als Afrika, und man entdeckte den Niederösterreicher, ein wirklich seltener und feiner Tropfen, obwohl man es anfangs nicht hatte glauben wollen, kein Wunder, Niederösterreich, aber man hatte sich überzeugen lassen, der erste Schluck genügte, allererste Güte, wenn auch etwas ungewohnt, und man ließ sich nachschenken und endgültig überzeugen. Und der Senior wünschte friedvolle Tage, und es wurde Vinschger, Villanderer und Penoner Schwarzgebrannter aufgefahren, und dann ein Tischfeuerwerk, ein kleines, sonst denken unsere Kunden, wir geizen mit den Rabatten, und unsere Lieferanten, wir drücken zu sehr den Preis, nicht wahr, und zu dem Tischfeuerwerk gab es einheimischen Sekt. Um in der Heimat zu enden, sagte der Senior und durfte sich angesichts seines Alters für den Rest der Nacht entschuldigen und den Jüngeren noch angenehme Stunden und, dann, einen guten Nachhauseweg wünschen. Es war eine schöne Weihnachtsfeier geworden. Wie jedes Jahr.

Als man Stunden später aus der Diskothek kam, waren zwanzig übriggeblieben, und sie schrien sich an, als sie sich verabschiedeten, und dann küßten sie sich links und rechts auf die Wange und sagten, daß es wirklich ein schöner Abend gewesen war.

Als man aus der Nachtbar kam, fuhr die Frühschicht in vereisten und stotternden Autos zur Arbeit, man war zu zehnt und tanzte zu der Musik aus der Stereoanlage des Junior-Jeeps. Nach einer halben Stunde auf dem Parkplatz küßte und verabschiedete man sich.

Und dann war man zu fünft. Plus zwei Flaschen Schampus und Gläser. Es war eine schöne Weihnachtsfeier.

Und die Sterne blinkten, und hier draußen, am Stadtrand, war der Schnee noch weiß und weich und warm. Man ging spazieren und trank Schampus. Die Chefin der Werbeagentur warf mit Schneebällen, immer größeren Schneebällen, bald schneemannskopfgroßen Schneebällen, der Junior ließ sich bewerfen, und die junge Dame aus der Buchhaltung, untergehängt bei dem Lieferanten und dem Aufsichtsrat, zählte die Rezepte für Lebkuchen, Vanillekipferl, Schweizerzungen, Spitzbuben, Zimtsterne, Anislaibchen, Pignolikipferl, Zelten, Punsch und Christstollen auf.

Dann zündete das Aufsichtsratsmitglied einen Sternspritzer an und dann noch einen, und sie steckten sieben Sternspritzer in eine fußballgroße Schneekugel und zündeten sie an und warfen die fußballgroße Schneekugel sternspritzend in die Luft und schauten klatschend zu, wie die Schneekugel sprühend und fauchend und Feuer spuckend einen Bogen am schwarzen Himmel flog, am Boden landete und dann verlöschte.

»Noch einmal«, sagte da die junge Dame aus der Buchhaltung, und das Verwaltungsratsmitglied lächelte.

»Später«, sagte er und steckte die restlichen Sternspritzer wieder ein.

»Aber bald«, sagte die junge Dame aus der Buchhaltung.

Das Verwaltungsratsmitglied lächelte.

»In einer Stunde machen die Geschäfte auf, dann laß ich uns von einem Taxi einen ganzen Stoß Sternspritzer bringen«, sagte der Lieferant. »Ein Kilo, hundert Pakete, eine ganze Palette.«

»Gute Idee«, sagte der Junior und grinste zum Lieferanten hinüber und nickte. Dann stieß er dem Verwaltungsratsmitglied in die Rippen. »Laß ihm den Vortritt«, sagte er, ohne die Lippen zu bewegen, »ist immerhin im Firmeninteresse.«

Dann stand da das Kettenkarussell.

Das Mitglied des Verwaltungsrates hatte es als erster gesehen, und er war auch der erste, der ein leises Ohh von sich gegeben hatte.

Es stand da, das Kettenkarussell, dunkel, in einiger Entfernung, mitten auf der Wiese, die schon vermessen war für die Erweiterungszone, mitten im Schnee stand es, wie allein gelassen nach einem überstürzten Aufbruch, vergessen, verloren, ringsherum im Schnee Spuren von einem Lunapark, der weitergezogen war, wegen des Schnees vielleicht. Einzig und allein das Kettenkarussell war zurückgeblieben.

»Schön ist es«, sagte die junge Dame aus der Buchhaltung.

»Einsam«, sagte die Werbedame.

»Vielleicht ist es ja zu haben«, sagte der Junior, »für den Garten. Wär gar nicht so schlecht, für die Parties. Und für die Kinder.«

»Wenn's noch funktioniert«, sagte das Verwaltungsratsmitglied.

»Neuer Motor, neues Getriebe, Spende an den TÜV«, sagte der Junior, »dann ist das kein Problem.«

»Genehmigung?« sagte der Lieferant.

»Glaub ich nicht«, sagte der Junior, »und wenn, dann ist das auch zu regeln.«

Und dann lief er los und rief: »Kommt schon!«, und er lief querfeldein über die Wiese auf das Karussell zu, und rings um ihn herum staubte der Schnee in Wolken auf.

»Bester Pulverschnee, sogar hier unten«, sagte der Lieferant und sagte dann »Wollnwer?« zur jungen Dame aus der Buchhaltung, und sie liefen dem Junior hinterher und hatten sich die Hände gegeben wie kleine Kinder, und der Lieferant blieb nach ein paar Metern mit seinem linken Fuß im Schnee hängen und stolperte und fiel hin und die junge Dame aus der Buchhaltung, kurz nach ihm, auch und beinahe auf ihn drauf.

»Wär nicht nötig gewesen«, sagte der Lieferant, nachdem er sich den Schnee aus dem Gesicht gewischt hatte, lachte und hustete und holte Atem, setzte sich auf und fing an, sich den Schnee vom Mantel zu klopfen.

»Weiß ich«, sagte die junge Dame aus der Buchhaltung, »trotzdem.«

»Und plötzlich ist man zwanzig Jahre jünger«, sagte der Lieferant und wühlte mit der Hand im Schnee auf der Suche nach der Schampusflasche.

»In den Kindergarten will ich aber nicht mehr«, sagte die junge Dame.

»Gilt ja auch nicht für alle«, sagte der Lieferant, »nur für die höheren Semester.«

Und dann kamen die Dame aus der Werbung und der Verwaltungsrat dazu, setzten sich neben der jungen Dame aus der Buchhaltung und dem Lieferanten in den Schnee, und der Verwaltungsrat zog die Schampusflasche aus der Manteltasche und öffnete sie.

»Der will das kaufen«, sagte der Verwaltungsrat.

»Wer was?« sagte die Dame aus der Werbung.

»Der Junior das Karussell. Ich kenn ihn. Wenn er sich etwas in den Kopf gesetzt hat, tut er's.«

»Wie immer«, sagte der Lieferant, »und dann kommt er zu mir und sagt: Deine Preise sind unmenschlich.«

»Da drauf«, sagte der Verwaltungsrat und hob sein Glas.

»Und auf uns«, sagte die Werbedame.

Und sie prosteten sich zu und tranken.

»Kommt ihr?« rief der Junior vom Karussell her.

»Werden wir wohl müssen«, sagte der Verwaltungsrat, »wenn der Chef ruft.«

Und sie lachten.

Als sie alle am Karussell standen, schenkte der Verwaltungsrat nach und warf die leere Schampusflasche in hohem Bogen in den Schnee.

»Und eins«, rief er.

»Und zwei«, sagte der Junior und entkorkte seine Flasche, »Prost, Gesundheit und Leben.«

Und sie stießen darauf an.

»Ist nicht schlecht, das Ding«, sagte der Junior, nachdem er das Glas wieder abgesetzt hatte. »Ich hab's mir angeschaut. Handarbeit, die Malerei da oben. Waldgeister, nackte Feen. Fünfzig Jahre alt, mindestens. Wär wirklich ein schönes Stück, um es in den Garten zu stellen.«

»Wenn sie es dir verkaufen«, sagte der Lieferant.

»Wird wieder einmal nur vom richtigen Preis abhängen...«, sagte der Junior.

»Du willst es wirklich kaufen?« sagte die Werbedame.

»Wieso nicht«, sagte der Junior. »Ist doch ein schönes Weihnachtsgeschenk. Originell, praktisch, und außerdem hab ich eh noch nichts.«

»Ist ein Argument«, sagte der Lieferant.

»Laß es dir einpacken«, sagte der Verwaltungsrat.

»Zuerst ausprobieren«, sagte der Junior. »Sitzprobe.« Und er ging zu einem der an vier Ketten hängenden Sessel, wischte den Schnee von der Sitzfläche, hob die Sicherungskette an, zwängte sich drunter durch, setzte sich in den Sessel und fing an, leise hin und her zu schaukeln. »Doch«, sagte er, »sitzt sich gut«, sagte er.

»Eindrehen«, sagte die Dame von der Werbung, stellte ihr Schampusglas in den Schnee, trat an den Sessel heran und fing an, den Junior auf seinem Sessel einzudrehen.

»Mehr, noch mehr«, sagte der, »weiter«, und hielt sich mit der freien Hand an einer Kette fest.

Die Werbedame hatte inzwischen den Sessel in die Hand genommen und lief im Kreis, die Ketten drehten sich mehr und mehr ein.

»Auslassen!« rief der Junior.

Die Werbedame ließ den Sessel los, sprang einen Schritt

zurück, fiel hinterrücks in den Schnee und verlor dabei ihr Glas.

»Jodeldudiijöö«, rief der Junior, während er und sein Sessel sich um sich selbst drehten. »Müßt ihr auch machen«, sagte er, kaum etwas zur Ruhe gekommen. »Ist richtig schön, hab ich schon ewig nicht mehr gemacht. Schampus!«

Der Verwaltungsrat eilte herbei und goß nach.

»Steig auf«, sagte der Junior.

Der Verwaltungsrat zwängte sich in einen der Sessel und schaukelte vor sich hin. Als die junge Dame aus der Buchhaltung sich hinter ihn stellte, um ihn einzudrehen, sagte er: »Lieber nicht. Mir wird immer so schnell schwindlig. Auf Rolltreppen, bei Flügen. Von Karussell schon gar nicht zu reden.«

»Feigling«, sagte der Junior.

»Feigheit ist das Recht des Alters«, sagte der Verwaltungsrat.

»Jetzt wird er philosophisch«, sagte der Lieferant.

»Philosophie«, sagte die Dame aus der Werbung und setzte sich auch auf einen Sessel, »Philosophie ist, was man hat, wenn man Zeit hat.« Und sie stieß sich mit den Füßen im Schnee ab und schaukelte vor und zurück. »Und Zeit«, sagte sie, »haben wir heut nacht genug.«

»Außer daß es bald Tag wird«, sagte der Lieferant.

»Nein. Solang ich auf dem Karussell sitz, ist noch gestern Nacht«, sagte die Dame aus der Werbung. »So lange ist noch Weihnachtsfeier.«

»Dann singen wir jetzt aber auch ein Weihnachtslied«, sagte der Junior, »und drehen Sie mich bitte wieder ein, Fräulein Isolde.«

Fräulein Isolde, die junge Dame aus der Buchhaltung, stellte sich hinter den Kettenkarussellsitz des Juniors und drehte ihn ein.

»Und? Weihnachtslieder?« sagte der Junior.

»Ich?« sagte die junge Dame aus der Buchhaltung.

»Alle«, sagte der Junior, »eines müssen wir schon singen, zusammen. Was für eine Weihnachtsfeier ist das sonst?«

»Kann keins«, sagte die Dame aus der Werbung.

»Entlassen«, sagte der Junior.

»Bin nicht angestellt bei dir«, sagte die Dame aus der Werbung.

»Vertrag gekündigt. Auftrag storniert. Weihnachtslied!«

»Bloody right«, sagte die Dame aus der Werbung und schaukelte auf dem Kettenkarussellsitz leise vor sich hin.

»Stille Nacht«, sagte der Lieferant.

»Gut. Anfangen«, sagte der Junior.

»Kann den Text nicht«, sagte der Lieferant.

»Entlassen«, sagte der Junior.

»O du selige«, sagte der Verwaltungsrat.

»Singen.«

»O du selige, o du fröhliche...«, sang der Verwaltungsrat.

»Umgekehrt, umgekehrt«, sagte der Lieferant.

»Wirklich?« sagte der Junior.

»Ja«, sagte die junge Dame aus der Buchhaltung und drehte ihn wieder ein.

»O du fröhliche, o du selige«, sang der Verwaltungsrat und hörte dann auf.

»...gnadenbringende Weihnachtszeit«, sang die Dame aus der Werbung. »Weiter weiß ich nicht.«

»Es hat sich heut eröffnet«, sagte die junge Dame aus der Buchhaltung.

»Was ham Sie heut?« sagte der Lieferant.

»Es hat sich heut eröffnet«, sagte die junge Dame.

»Es hat sich heut eröffnet... und weiter?« sagte der Junior »Und setzen Sie sich bitte auch aufs Karussell, Frau Isolde.«

»Ja«, sagte die junge Dame aus der Buchhaltung und setzte sich aufs Karussell, »...das himmlische Tor«, sagte sie, »die Engelen, die kugelen ganz haufnweis hervor.«

»Klingt ja ziemlich alpin«, sagte der Junior. »Singen!« Und die junge Dame aus der Buchhaltung begann, das Lied zu singen, und der Verwaltungsrat und die Dame aus der Werbung und der Lieferant stimmten ein. Dann auch der Junior.

»Die Engelen die kugelen ganz haufnweis hervor. Die Biabelen, die Madelen, die mochn Purzigagelen, bold aufi, bold obi, bold hin und bold her, bold iberschi, bold unterschi, des gfreut sie um so mehr.«

Und laut, so laut, daß es trotz des weichen Schnees weit über die Wiese klang, in die Stille hinein, die nur manchmal von einem Auto drüben auf der Staatsstraße unterbrochen wurde, sangen sie, inzwischen zweistimmig, der Lieferant terzelte drüber: »Haalleluja Halleeluuja. Hallee, Hallee, Halleeeluuija.«

Hinten, hinter den Bergen, ging die Sonne auf. Und dann tanzten kleine, feine Schneeflocken vom Himmel, verlorene, einzelne Schneeflocken. Die junge Dame aus der Buchhaltung versuchte, sie zu fangen.

»Sitzprobe positiv«, sagte der Junior. »Wird gekauft.«

»Und wenn's nicht fährt, das Karussell?« sagte der Lieferant.

»Anschieben«, sagte der Junior, »dann laß ich's mir anschieben.«

»Da muß es ja einen Knopf zum Einschalten geben«, sagte die Dame aus der Werbung.

»Richtig«, sagte der Junior. »Einschalten.«

»Einschalten«, rief die junge Dame aus der Buchhaltung.

»Einschalten«, sagte der Lieferant.

»Schon verstanden«, sagte der Aufsichtsrat, hob die Sicherungskette seines Sitzes an und versuchte, sich drunter durchzuzwängen.

»Gib dir einen Stoß«, sagte der Junior.

»Eh«, sagte der Aufsichtsrat, fiel in den Schnee, lachte, rappelte sich wieder auf, klopfte sich sauber und machte sich auf die Suche. »Kannst dir vorstellen, daß hier noch Strom drin ist, in dem Karussell«, sagte er. »Die spinnen ja nicht.«

»Ich will aber Karussell fahren«, sagte die junge Dame aus der Buchhaltung.

»Einen Augenblick Geduld«, sagte der Aufsichtsrat, »was weiß ein Fremder, wo bei einem Karussell der Schalter ist.«

»Bei der Kasse«, sagte der Lieferant.

»Kasse«, sagte der Aufsichtsrat, »die ist auf der anderen Seite«, und er ging hinters Karussell. »Ich glaub, ich hab ihn«, rief er dann.

»Einschalten«, sagte der Junior.

»Und ich?« sagte der Verwaltungsrat.

»Aufspringen«, sagte der Junior.

Dann drückte der Verwaltungsrat auf den großen roten Schalter, und die Lichter am Karussell gingen an.

»Bravo«, riefen der Junior, der Lieferant und die Werbedame.

»Es ist wunderschön«, sagte die junge Dame aus der Buchhaltung und konnte sich an dem Karussell mit seinen bunten Lichtern nicht satt sehen.

»Sie haben recht«, sagte der Junior und brachte seinen Sessel gewaltig ins Schaukeln, »jetzt weiß ich, ich will's haben. Zahlt sich aus.«

»Achtung«, rief der Aufsichtsrat, »es geht los.«

Und dann legte er den langen Hebel neben der Kasse um, mit beiden Händen mußte er zupacken, um ihn hinunterzudrücken, und das Karussell gab einige Töne von sich, rostige Metallgeräusche, die aus seinem Inneren kamen, zuerst in Abständen, dann nacheinander, und von irgendwoher kam Drehorgelmusik, langsam am Anfang, dann schneller werdend, und das Karussell fing an, sich zu drehen, ruckweise zuerst.

»Es funktioniert«, rief der Aufsichtsrat und hüpfte stolz und zufrieden auf der Stelle.

»Bravo, bravissimo«, rief die Dame aus der Werbung und klatschte in die Hände, »es kann losgehen.«

»Alles aufsteigen«, rief der Junior, »wer hat noch nicht, wer will noch mal, Freifahrten für alle.«

Und der Aufsichtsrat lief neben einem Sessel her und schaffte es mit erstaunlicher Leichtigkeit, sich hineinzusetzen. Und als er saß, stieß er einen lauten Juchzer aus.

Das Karussell spielte weiter Musik und wurde immer noch schneller und schneller, bis es seine Geschwindigkeit erreicht hatte und die fünf in ihren Sitzen durch die Luft schwebten und die Füße baumeln ließen. Und dann fingen sie sich gegenseitig und stießen sich ab, drehten sich ein und stießen sich wieder ab. Und lachten und johlten und jauchzten. Inzwischen hatte es richtig zu schneien angefangen, große, weiße Flocken, die mittanzten um das Karussell herum.

»Stop. Mir wird schlecht«, sagte plötzlich der Junior. »Schaltet einer ab, mir wird wirklich schlecht.«

Aber es hörte ihn keiner, sie lachten und juchzten.

Und dann wurde dem Junior übel, und er mußte sich übergeben, und der Fahrtwind trieb die Schneeflocken und seinen Mageninhalt auf das Kleid der jungen Dame aus der Buchhaltung, die zuerst verwundert und dann entsetzt aufschrie und schließlich zu weinen anfing, bevor auch ihr übel wurde.

»Anhalten«, rief der Aufsichtsrat.

»Abschalten«, schrie der Lieferant.

»Bitte«, sagte der Junior. »Stop.«

Und die Dame aus der Werbung sagte nichts, und dann sagte sie: »Wer denn? Wer soll denn abschalten?«

Und das Karussell drehte sich immer weiter und weiter, und der Schneefall wurde dichter, die Straße weit hinten hinter der Wiese entfernte sich immer mehr, und die Drehorgelmusik wurde immer lauter. »Anhalten«, schrie der Lieferant, als sein Puls immer schneller wurde, und griff sich an den Hals und schnappte nach Luft. Und der Aufsichtsrat beugte sich jedesmal, wenn sein Sitz an dem Hebel vorbeikam, mit dem er das Karussell eingeschaltet hatte, verzweifelt hinunter, hing schräg in seinem Sessel, machte die Arme lang und länger und strampelte mit den Füßen und schüttelte den Kopf. »Geht nicht«, sagte er immer wieder, »geht nicht. Muß gehen.« Und das Karussell drehte sich immer schneller und schneller. Und die Werbedame fing an, ein Kinderlied zu singen, lauter und lauter, bis sie schrie. Und das Karussell drehte sich.

Vier Stunden später kamen Arbeiter vorbei, um das Karussell abzubauen. Zwei von den fünfen waren tot, die anderen kamen ins Irrenhaus.

Miseria

Ab in die Falle, Müller Zwo. Morgen früh stellen Sie sich in die Notaufnahme und spielen verrückt. Aber ordentlich. Klar?«

Er hatte nur mehr stumm genickt. Es war das erste Mal, daß ihn der Chef ohne Überstunden nach Hause geschickt hatte. Es war das erste Mal, daß er sich dienstlich verrückt stellen sollte. Was der Chef nicht wußte: Es würde nicht sein erster Aufenthalt in der Klapse werden. Aber davon ahnte man im Kommissariat nichts. Ein Berliner Kriminalbeamter ist nicht irre und wird es nicht. Nie und nimmer.

»Müller Zwo sieht nicht besonders gut aus«, sagte Kriminalhauptkommissar Müller zu Müller Eins.

»Paßt uns doch ins Konzept, Chef«, sagte Müller Eins, »dann haben wir wenigstens gute Chancen, daß sie ihn wirklich auf die Geschlossene legen.«

Kriminalhauptkommissar Müller griff zum Hörer, ein deutliches Zeichen dafür, daß er die Besprechung für beendet hielt.

»Egal, wie«, sagte er, »wenn ich am Sonntag nach Adlershof rausfahre, sind diese Selbstmorde aufgeklärt. Wo sind wir denn?«

»Beim Mord, Chef«, sagte Müller Eins.

»Sehen Sie, wußt ich's doch.«

Eins noch, Chef, und dann ab in die Falle, dachte Müller Zwo und hob den kleinen Finger.

»Kommt«, sagte Hermann, sein Kneipier.

Sechsundvierzig, steifes Knie und weiche Birne, ach wärst du doch in Düsseldorf geblieben, dachte Müller Zwo. Aber das war inzwischen auch schon wieder achtundzwanzig Jahre, drei Dienststellen und elf Bierchen her.

»Morgen frei?« sagte Hermann, als er ihm das Bier hinstellte.

»Sozusagen«, sagte Müller Zwo.

Assistenzarzt Dr. Glowacz übernahm um 22 Uhr eine ruhige und zufriedene Psychiatrische Abteilung. Nichts los in den Offenen Stationen, auf der Krise und in der Notaufnahme. Alles versorgt, alle still, keine Neuzugänge. Und kein Vollmond, kein Wochenende, kein Feiertag. Der Rundgang endete in der Geschlossenen. Der beste Kaffee im Haus und ein Fernseher. Normalerweise sollte es eine ruhige Nacht werden. Eine von denen, die Dr. Glowacz gar nicht liebte.

Müller Zwo hatte sich von Hermann zwei Soleier zum Genever servieren lassen. Und Hermann hatte sein »Mir kann's ja recht sein, aber muß das sein«-Gesicht aufgesetzt.

»Muß«, sagte Müller Zwo.

»Alkoholdelir, guter Mann. Schätzungsweise sechskomma-etwas«, sagte Dr. Glowacz, als die drei Pfleger den Patienten endlich auf das Fixierbett geschnallt hatten, »hoch mit ihm in die Geschlossene, einmal Waschgang, und dann leg ich ihn still.«

»Det könnse mit mir nich machn, Herr Doktor. Nich mit Kutte.«

»Und wieso nicht?«

»Weil wa hier noch imma im Westn sin, wa?«

Und Kutte lachte, und dann zuckten seine Muskeln wieder.

»Ich weiß nicht«, sagte Dr. Glowacz zur Notaufnahmeschwester, »geht es nur mir so, oder kommt hier wirklich seit Monaten kein vernünftiger Fall mehr rein? Was ist denn los mit dieser Stadt? Gehen ihr die Verrückten aus?«

»Noch«, sagte die Schwester, »noch läßt's sich aushalten. Wenn Sie mich fragen.«

»Dreie«, sagte Hermann, »austrinken, Feierabend.«

»Ich helf dir beim Aufstuhlen«, sagte Müller Zwo, »bißchen Bewegung.«

Und dann machten sie sich an die Arbeit. Müller Zwo beförderte die Stühle mit einer Hand auf die Tische, schwungvoll, gekonnt. Hermann wischte. Und blieb dann vor dem Ecktisch stehen.

»Na, dann wolln wir mal«, sagte er und schüttelte den Mann so lange, bis er aufwachte.

»Was is?« sagte der, blinzelte ins Halbdunkel der Kneipe und sah sich suchend um. »Det is nich mehr mein Berlin, nee«, sagte er dann.

»Aber meine Kneipe«, sagte Hermann. »Und deswegen is jetzt Schluß.«

»Schluß, ja?«

»Für heute.«

»Für heute. Auch juut.«

Und dann stand er auf und ging.

»Morgen«, sagte Müller Zwo, »morgen...«

»Heute«, sagte Hermann.

»Korrekt, heute. Heute also geh ich in die Klapse.«

»Du bist ja nicht ganz richtig«, sagte Hermann.

»Doch. Eben grade. Deswegen. Ich geh undercover. Dienstlich.«

»Im Ernst?«

»Total.«

»Na gut«, sagte Hermann, »dann geb ich einen aus.«

»Selbstmorde«, sagte Müller Zwo, als sie wieder am Tresen saßen, »acht Selbstmorde in drei Monaten, fünf versuchte, mindestens, und, Montag, der Chefarzt. Erhängt. Keine Fremdeinwirkung. Da brauch ich nicht einmal mehr den anonymen Brief, um mir etwas zu denken.«

»Und was denkst du?« sagte Hermann, der Kneipier.

»Der Chef meines Chefs denkt, daß acht Selbstmorde von Patienten einer einzigen Geschlossenen Abteilung«, Müller Zwo holte Luft, »in drei Monaten, was ein Plus von zweihundertvierzig Prozent ist, ein Fall für die Mordkommission sind. Mein Chef denkt, daß das eine Zumutung ist. Und ich denke, ich werde jetzt da hingehen.«

»Willst dich nicht erst noch ein paar Stunden aufs Ohr hauen?«

»Nee«, sagte Müller Zwo, gab sich einen Ruck, schwankte

kurz und fing sich wieder, knapp vor der Tresenkante, »nee, Hermann, zieh mir mein Geld ab, und ruf mir ne Taxe. Ich löse den Fall noch heute nacht.«

Als Müller Zwo in der Notaufnahme ankam, war man gerade mit einer Messerstecherei beschäftigt. Zwei Ärzte und drei Schwestern versuchten, zwei junge Männer daran zu hindern, sich aus dem Generationenvertrag davonzuschleichen. »Konserven«, rief ein Arzt, »vollpumpen damit, auffangen, was rausläuft, und wieder rein damit, die holen wir uns zurück. So nicht, Jungs. Ich will sie in drei Minuten stabil haben, verstanden? Und los.«

Dann verschwanden sie mit den beiden, ließen eine Blutlache zurück, und Müller Zwo stand allein in der Notaufnahme. Das darf nicht wahr sein, dachte er, nahm eine der Liegen, stieß sie quer durch den Raum, ließ sie gegen eine Tür knallen und schrie.

»Sie werden dem letzten amtierenden Verteidigungsminister des Warschauer Paktes nicht ungestraft davonkommen, General, ich bin Geheimnisträger, und ich kenne Ihr Geheimnis.«

Müller Zwo trat mit seinen Füßen um sich, auf alles, was ihm in den Weg kam, und lief Kreise durch den Raum.

»Piepsen Sie den diensthabenden Psychiater an, Schwester, ich bin Internist, an den geh ich gar nicht erst ran«, sagte der Arzt.

»Jeder gottverdammte Mikrowellenherd dieser Stadt ist ein Überwachungsapparat, aber das wissen Sie nicht, und deswegen stecken Sie die Pizza in sich hinein. Und ahnen nicht, daß die Wellen das Mikrofon in der Pizza aktiviert haben. Und Sie tragen es mit sich herum. Tag und Nacht.«

»Ist in Ordnung«, sagte Dr. Glowacz und versuchte, den um sich schlagenden Müller Zwo zu beruhigen. »Ich brauch zwei Pfleger, besser drei, sofort. Das kriegen wir schon hin«, sagte er dann zu seinem Patienten und lächelte.

Ich hoff's, dachte Müller Zwo und schrie nach hinten: »Und das Mikrofon hört mit, General. Merken Sie sich das!«

Zu viert hatten sie ihn in den Raum getragen, er hatte um sich getreten wie verrückt, zu viert drückten sie ihn jetzt auf die Liege.

»So«, sagte Dr. Glowacz, »wir nehmen Ihnen jetzt etwas Blut ab. Ein Schnapsglas voll. Und dann reden wir beide miteinander. Das kriegen wir schon wieder hin. Einverstanden?«

Müller Zwo nickte. Warum nicht gleich, dachte er, ich will ja nur auf die Geschlossene, zwei Stunden schlafen und dann meine Arbeit tun.

»Sie heißen?«

»Müller Zwo.«

»Verstehe. Gut, das regeln wir morgen.«

»Müller Zwo!«

»Glowacz.«

Mach hinne, dachte Müller Zwo. Dr. Glowacz lächelte.

Sie saßen seit einer halben Stunde in dem kahlen Zimmer, in einer Ecke ein Waschbecken, darüber eine grün schimmernde Lampe, die Tür mit einer heruntergelassenen Jalousie vor der Glasscheibe.

»Was sind Sie von Beruf?«

Gute Frage, dachte Müller Zwo.

»Untergebener«, sagte er.

»Wie lange schon?«

»Bin vor achtundzwanzig Jahren in die Stadt gekommen«, sagte Müller Zwo.

»Sehen Sie«, sagte Dr. Glowacz, »bei mir sind es gerade mal eben zwölf. Na ja, dreizehn demnächst. Aus Polen, Sie verstehen. Ostpreußisches Blut, Galizien. Kann kaum mehr Polnisch. Meine ganze Familie ist nach hier gekommen, ich mußte mit. So trifft man sich.«

»Ich bin nicht sehr glücklich in meinem Beruf«, sagte Müller Zwo, »wenn's besonders schlimm wird, werd ich Verteidigungsminister. Und ich weiß, daß ich zuallererst auf die S-Bahn-Strecke muß, um den Zug aufzuhalten. Mit dieser Hand.«

Müller Zwo hob seine linke Hand und dachte: Das wird jetzt wohl reichen für die Geschlossene. Akute Selbstgefährdung und so weiter.

»Beruf ...«, sagte Dr. Glowacz, »... Beruf! Wissen Sie, was ich in Polen war? Ein vielversprechender Bildhauer. Und jetzt? Bin ich Arzt. Finden Sie das gerecht? Ist das in Ordnung? Glauben Sie, ich will das? Denken Sie, das ist das, wozu ich geboren wurde, meine Bestimmung, der Sinn? Soll es das gewesen sein?«

»Ich weiß nicht«, sagte Müller Zwo.

Dr. Glowacz kam ihm mit seinem Gesicht immer näher, bis auf Zentimeter, er roch seinen Atem, Dill, dachte Müller Zwo, das ist Dill.

»Dann werde ich Ihnen etwas sagen«, sagte Dr. Glowacz, »Ihnen, nur Ihnen, etwas, das ich noch keinem gesagt habe, und hören Sie gut zu: Es ist sinnlos.«

Dr. Glowacz starrte ihn aus rot geäderten Augen an. Ich will raus hier, dachte Müller Zwo, raus!

»Verstehen Sie? Es. Ist. Sinnlos!«

Dr. Glowacz bewegte sich nicht. Verharrte atemlos, wie eingefroren, vor dem Kopf seines Gegenübers, ein massiger Körper, der Müller Zwo ringsum umschloß.

»Was immer Sie wollen, alles«, sagte Dr. Glowacz leise, »...: E.I.S. Eis. Und nur das funkensprühende Lagerfeuer, das Feuer des Herzens, wird dieses Eis zum Schmelzen bringen, dieses alles zerfressende Feuer, das einem durch die Seele läuft wie brennender Wodka.«

Müller Zwo schloß seine Augen und öffnete sie wieder und schaute auf den Mensch, der immer noch vor und über ihm stand.

»Dill«, sagte Dr. Glowacz und richtete sich auf, »Sie haben recht, es *ist* Dill. *Miseria,* wissen Sie, was das ist? Das polnische Nationalgericht, Gurken mit Schmant und Dill. An Dill müssen Sie riechen, Sie werden bewußtlos werden. *Miseria,* verstehen Sie, das ist Elend in Italienisch, und das ist Latein, *miserere,* erbarme dich. Es ist alles.«

Dr. Glowacz beugte sich wieder nach vorne, kam Müller Zwo Zentimeter um Zentimeter näher, noch näher, auf

Millimeter nahe, dann küßte er ihn, langsam und leise, auf den Mund und sagte: »Es. Ist. Sinnlos. Eis. Gehen Sie nach Hause.«

Und Müller Zwo stand auf und ging.

Geh ran, dachte Müller Zwo, um wie viele Häuserecken er schon gelaufen war, wußte er nicht mehr, nichts mehr wußte er, nur die eine Nummer noch, und die entglitt ihm langsam, Stück für Stück, er stand in einer Telefonzelle und dachte: Bitte, jetzt, geh ran.

»Müller«, sagte eine Stimme, und irgendwo in seinem Hirn sagte etwas Müller Eins, und Müller Zwo sagte: »Er ist es. Der Dill.«

»Müller Zwo?«

Versuch es, dachte Müller Zwo, es geht. Es muß.

»Der Arzt«, sagte Müller Zwo und atmete tief, »sein Hirn auf meinem«, sagte er, und er fühlte die Hitze in sich hochsteigen, brennend, und er sah den LKW im Morgengrauen um die Ecke biegen und die Straße herunterkommen, auf ihn zu.

»Müller!« rief Müller Eins.

Aber da hatte Müller Zwo die Telefonzelle schon verlassen und der LKW in den vierten Gang hochgeschaltet.

Frohes neues Jahr

010190. Berlin, Kreuzberg

Als Franco Marini in die Rettungsstelle des Urban-Krankenhauses geschoben wurde, hielt sich die Stationsschwester kurz die Nase zu und grinste den Assistenzarzt an.

»Und hier ist sie, die erste Leiche im neuen Jahr, Chef«, sagte sie und las vom Einlieferungsformular ab. »Mehrere Messerstichverletzungen im Unterbauch mit Verdacht auf Beteiligung innerer Organe, innere Blutungen nicht ausgeschlossen. Patient bewußtlos aufgefunden. Rißquetschwunde am Hinterhaupt, multiple Frakturen des rechten Unterarmes, Blutdruck 79 zu 65, Puls 52, alkoholisiert. Und riecht. Die Blase und die Hose, nehm ich an. Mit etwas Pech auch der Darm. Viel Spaß, Doktorchen.«

»Viel Spaß? Eine Scheiße ist das.« Es war sein dritter Arbeitstag als Assistenzarzt, und er fing nicht besonders gut an.

Franco Marini kam zu sich, als die kroatische Krankenschwester seine Hose der Länge nach aufschnitt. »Schopenhauer ist an allem schuld und Willi Sobiezki. Und Wien, die Araber, die Italiener, die Amerikaner und meine Cousine«, sagte er, sah mißtrauisch auf die Krankenschwester und fiel wieder in Ohnmacht.

»Schneiden Sie weiter, Schwester«, sagte der Assistenzarzt, »wenn er nicht sehr viel Glück hat, wird er im neuen Jahr keine Hose mehr brauchen.«

311287. San Martino di Cadore

Seine Mutter und seine Tanten hatten ihn wochenlang gebettelt und bekniet. Bis er ja gesagt hatte.

So feierte er das erste Mal seit zehn Jahren Silvester und Capodanno wieder im Dorf seiner Eltern. Jenes Dorf, in das sie nach der Saison immer wieder zurückkehrten, die Bergdorfbewohner, die Österreich und Deutschland mit Speiseeis versorgten, in ihren Lokalen, die Gelateria Veneziana, San Marco oder Dolomiti hießen.

Jetzt stand er in dem kleinen Dorfgasthaus, trank und sah der Verwandtschaft zu, wie sie Liscio tanzte, schmalzige Ziehorgelmusik im Dreiertakt. Und langweilte sich. In einer halben Stunde war Mitternacht, übermorgen war alles vorbei. Und er wieder in seiner Stammdiskothek in Linz.

Über fünfzehn Jahre lang lebte Franco Marini jetzt schon in Österreich, hatte zuerst mit seinem Onkel in Bludenz, dann mit seinem Vater in Wels, St. Pölten und Linz Eis gerührt, von März bis November, ein Lokal nach dem anderen eröffnet, Geld gemacht und nach Cadore geschickt, damit sie dort Häuser bauten, eins nach dem anderen. Franco Marini hatte das nie verstanden. Er wollte nicht nach San Martino di Cadore zurück, und deswegen brauchte er da auch kein Haus. Sein in Linz verdientes Geld gab er lieber in Linz aus. Autos, Frauen, Diskotheken. Was man halt zum Leben braucht, wenn man neunundzwanzig Jahre alt ist. Linz war nicht die Welt, aber auf jeden Fall besser als alle Bergdörfer im Cadore zusammengenommen.

Tante Celestina hielt in der einen Hand eine Flasche Spumante Asti Cinzano, in der anderen eine junge Frau, die sie als Maria vorstellte. »Siete giovani, fatevi una bella serata«, sagte sie, zwinkerte Franco Marini zu und ging wieder.

Und dann war es Mitternacht geworden, sie hatten getrunken und getanzt, und Franco Marini fand Maria plötzlich gar nicht mehr so unsympathisch und sie ihn anscheinend auch nicht. Er hatte Jack Daniels besorgt, sie tranken aus der Flasche und lagen dann irgendwann einmal auf einem der Tische im ungeheizten Hinterzimmer.

Und dann ging die Tür auf und das Licht an.

020188. Linz

»Cretino. Arschloch.« Deutsch sprach sein Vater in der Familie nur, wenn er wirklich böse war. Und das war er. Mehr als das. Er ohrfeigte ihn und warf ihn aus der Familie hinaus. »Non ti conosco più, non ho più figlio.« Dabei war Franco Marini der einzige Sohn seines Vaters.

Sie hatten fluchtartig, noch in der Silvesternacht, San Martino di Cadore verlassen. Vater schwieg, Mutter weinte bis nach Linz, und Franco Marini war hinter Innsbruck langsam wieder nüchtern geworden. Und hatte, aus den wenigen Worten, die seine Mutter weinend aus sich herausließ, verstanden, daß er sich über die für ihn auserkorene Braut und Cousine hergemacht hatte. Mindestens ein Jahr zu früh. Schimpf und Schande und Vertreibung.

311288. Wien, 18. Bezirk

Willi Sobiezki war Franco Marinis letzte Hoffnung gewesen. Und jetzt saß Willi mit drei Arabern am Tisch, zockte und hatte kein Auge für ihn. Sicher, er war eine Stunde zu spät aufgetaucht. Aber das hatte seine guten Gründe. Und Willi Sobiezki kannte sie.

»Café Schopenhauer«, hatte Willi gesagt, als sie sich vor zwei Tagen getroffen hatten.

»Schopenhauer?«

»War einer, der viel nachgedacht hat. Tu mir den Gefallen und komm trotzdem hin. Pünktlich. Um acht.«

»Zu früh, Willi, beim besten Willen.«

Willi wollte ihm zwar einen Job besorgen. Einen Job, den er dringend notwendig hatte. So notwendig wie die zwei Tausender, die er einbringen sollte. Aber alles wollte er deswegen auch nicht mitmachen. Schopenhauer nicht, von dem er immer noch nicht wußte, wer das war. Und acht Uhr morgens schon gar nicht.

»Wach auf, Alter, wir sind in Wien«, hatte Willi gesagt und ihm auf die Schulter gehauen, »wenn ich acht Uhr sag und Café Schopenhauer, ist abends gemeint.«

Zwei Tage später hatte sich Franco Marini nachmittags in ein Beisl gesetzt. Er hatte sich von ein paar frischen, eingerauchten Studenten, denen nicht danach gewesen war, in

Tirol oder Vorarlberg Weihnachten zu feiern, das eine und das andere Seidl ausgeben lassen und hatte dafür Schauergeschichten erzählt. Nach dem siebten Seidl und ein paar Schnäpsen war ihm zwar seine Verabredung mit Willi Sobiezki eingefallen, der Name des Denkers aber nicht, von dem er nie gehört hatte und der trotzdem einem Café seinen Namen gegeben hatte. Er verfluchte Sobiezki, weil der ein früherer Gstudierter war und sich keinen einfacheren Treffpunkt hatte aussuchen können, ein Café mit einem Namen, den man sich merken konnte, Aida oder Gigolo oder so. Und er verfluchte die Jungstudenten, die ihn, obwohl er bei jedem neuen Seidl neu nachfragte, nicht auf den Namen eines Denkers bringen konnten, der ihn an ein Café erinnerte, in dem er mit Sobiezki verabredet war. Hegel war's nicht und Wittgenstein auch nicht. Recht viel mehr war den Studenten nicht eingefallen. Bis auf den Langhaarigen, der seit einer Viertelstunde »Marx, Marx« vor sich hin sagte. »E no, der nicht«, hatte Franco Marini gesagt, »Marx ist es nicht.« Der Langhaarige, an die fünfundvierzig Jahre alt, war aufgestanden, hatte die Faust geballt und geschrien: »Und wie. Der Karl Marx ist es. Ihr wißt es nur noch nicht.« Daß er dabei Marinis Seidl umgeschmissen hatte, gab den Ausschlag, daß der eiligst das Lokal verließ.

Der Taxifahrer, dem er direkt vor den Wagen lief, grinste. »Und?« sagte er, »schönen Abend gehabt im Café Arschloch?« Franco Marini konnte nur mehr nicken. Dann stellte er fest, daß er einen Taxifahrer gefunden hatte, der sämtliche Denker der letzten dreihundert Jahre vor- und rückwärts herunterbeten konnte. Trotzdem war es für die Verabredung mit Willi Sobiezki schon etwas spät geworden.

»Jetzt nicht«, sagte Willi und studierte regungslos seine Karten. Black Jack.

Franco Marini beugte sich nach vorn. Kein schlechtes Blatt. »Komm schon, Willi ...«, Marini sah zweitausend Schillinge leise schaukelnd den Bach hinuntergehen, »... ist ja nicht meine Schuld, Willi. Ich konnte mir den Namen einfach nicht merken. Und sonst hat ihn auch keiner gekannt.«

»Selber schuld, wenn den Schopenhauer nicht kennst.«

Willi Sobiezki hatte beim Sprechen kaum die Lippen bewegt. Und trotzdem fing er sich den strafenden Blick eines der Araber ein, mit denen er am grün bespannten Tisch saß. Nicht weiter verwunderlich, bei der Menge an Geld, die da in vier ungleichen Stapeln auf dem Tisch lag. Willi Sobiezkis Stapel war der höchste.

Franco Marini wollte weiterdiskutieren. Aber erstens zog Sobiezki ein Gesicht, als ob er nichts mehr hören wollte, und zweitens hatte sich einer der Araber, die hinter den Spielern am Tisch standen, in Bewegung gesetzt. Als er, einen Kopf größer als Marini, vor diesem stand, fand der es an der Zeit, sich an einen der leeren, ruhigen Tische zu setzen und halblaut einen kleinen Braunen zu bestellen.

Nach drei kleinen Braunen wußte Franco Marini eines: Mit den zwei Tausendern würde es in diesem Jahr nichts mehr werden. In den paar Stunden würde das nicht mehr klappen. Bis dahin hatten längst schon andere ihren Schnitt gemacht.

Dabei hatte sich Willi Sobiezki die Geschichte so schön ausgedacht gehabt: Platzkarten für die Stephansdomspitze, und das in der Silvesternacht und für italienische Touristen.

Zwanzig, dreißig von den fotokopierten Zetteln würden sie verkauft haben in der Kärtnerstraße, bevor ihnen die Schmiere auf die Spur kam. Dreißig à fünfhundert gab fünfzehntausend. Abzüglich der Kosten und sonstigem, hatte Willi gesagt, gibt das, wenn's gutgeht, dreitausend, auf jeden Fall zweitausend Schilling für dich. Dafür daß du, und sonst gar nichts, durch die Kärntnerstraße und über den Stephansplatz läufst und so laut als möglich in Italienisch die Karten anpreist. Verkaufen tu ich, hatte Sobiezki gesagt. Und Franco hatte genickt und an die zweitausend gedacht.

Seit der Nacht am zweiten Januar zu Beginn des gerade auslaufenden Jahres, als ihn sein Vater, der ihm bis dahin nichts bedeutet hatte, in Linz aus Haus und Familie und Nation geschmissen hatte, hatte Franco Marini versucht, sich in Wien über die Runden zu bringen. Was lang nicht so einfach war, wie er gedacht hatte. Bis er auf Willi Sobiezki gestoßen war.

Sobiezki war ein Mann mit immer neuen Geschäftsideen. Einer, dessen Rechnungen aufgingen. Außer er hatte gerade Besseres zu tun. Araber abzocken, zum Beispiel. Und dabei brauchte er keinen Gehilfen. Franco Marini sah noch eine kleine Chance. Er hoffte auf Sobiezkis schwache Blase und die Wirkung des süßen Pfefferminztees.

»Ich kann nicht«, sagte Sobiezki und schüttelte die letzten Tropfen aus seinem Glied, »du siehst ja: unmöglich.« Mit einer leichten Kopfbewegung zeigte er Richtung Tür.

Franco Marini stand mit offener Hose am Pißbecken, tatenlos. Die kleinen Braunen hatten ihn schon vor einer halben Stunde hierhergetrieben. Jetzt war er leer und ohne

Zukunftsaussichten. Der Araber, der stumm und uninteressiert in der Tür stand, war die Garantie dafür. So schnell würden sie Sobiezki nicht gehen lassen. Nicht, solange sein Stapel noch so hoch war und das Café Schopenhauer noch offen hatte. Was heute, zu Silvester, bis in den Vormittag gehen konnte.

»Hier«, sagte Willi Sobiezki und drückte Marini zwei Hundert-Schilling-Scheine in die Hand, während sie die Toilette verließen, »nimm das mit ins neue Jahr. Servus.«

311288. Wien. 1. Bezirk

Franco Marini hatte das Café verlassen, ohne zu erfahren, wer Schopenhauer war. Er hatte vergessen, Sobiezki danach zu fragen. Die bunten Lichter hatten ihn in das kleine Lokal gezogen. Der Durst. Die Tatsache, daß er nichts Besseres vorhatte, nicht wußte, wohin und wozu. Die Hoffnung, die bunten Lichter würden ihm eine Idee eingeben, die ein paar Schillinge wert war.

Er hatte sein Seidl noch nicht zu Ende getrunken, als ihm klar war, daß das Café Hawai eine totale Fehlinvestition war. Eine Handvoll Lehrlinge hatte sich hier ihre sturmfreie Bude eingerichtet, die Wände über und über mit bunten Postkarten aus aller Welt tapeziert, vorzugsweise Sonnenuntergänge. Hier war kein einziger Groschen zu holen. Die waren mit ihren sechzehn Jahren schon genauso am Ende angekommen wie er mit seinen neunundzwanzig. Von denen ließ sich keiner abzocken. Und sie gaben keinen aus. Franco Marini machte, daß er weiterkam.

Die einzige praktikable Geschäftsidee, auf die er gekommen war, war eine Schwarzfahrt mit der Straßenbahn gewesen. Sie endete nach sechs Haltestellen am Schottentor.

In seiner Hoffnungslosigkeit marschierte er hinter fünf Japanern her, ließ sich von ihnen auf Sightseeingtour mitnehmen. Und doch kam ihm keine Idee. Außer der, daß es eigentlich an der Zeit war, etwas zu essen.

Dann hörte er vertraute Wörter. Franco Marini sah sich um. Hinter ihm, vor einem Schaufenster, standen zwei Ehepaare. Arm in Arm, um die Vierzig, die Frauen pelzbemantelt. Norditaliener in freudigster Urlaubsstimmung. Einer der Männer hielt eine Flasche Spumante Asti Cinzano in der Hand.

Silvester. Richtig. Hatte er beinahe schon wieder vergessen. Aus gutem Grund. An Jahreswechseln hatte er nicht sonderlich viel Glück. Cousine Maria. Ihn beschlich eine Spur von Heimweh. Nach Hinterzimmern im Cadornesischen.

Den cinzanobewehrten Ehemann zog es weiter, Trachtenröcke schienen ihn nach ein paar Minuten zu langweilen. Franco Marini konnte das verstehen. Er ging im Abstand von ein paar Metern dem Ehepaar hinterher. Versuchte, Gesprächsfetzen aufzufangen. Ließ sich von ihnen durch die Innenstadt führen. »Peró, è bella, 'sta Vienna. Accogliente e pulita. Niente da dire.« Seine Begleiter waren sich einig: Schön, einladend und sauber war sie, die Stadt Wien.

Franco Marini lächelte bitter. Er hätte den vergnügten Landsleuten und Touristen leicht das Gegenteil beweisen können. Von dem Jahr erzählen, das er in dieser Stadt gelebt hatte. Er ließ es sein. Zog vor, der unerkannte Fünfte zu bleiben. Einen Meter neben ihnen, zwei Meter hinter ihnen, am Schaufenster nebenan.

Das Gedränge war stärker geworden. Die Völker der Welt flanierten durch die Kärntnerstraße, feierten und warteten darauf, daß das Jahr sich einen Ruck gab. Immerhin waren sie eigens dafür nach Wien gekommen.

Franco Marini hatte Mühe, in dem Menschenauflauf an seinen Italienern dranzubleiben. Vor allem, weil es plötzlich hinten und vorne krachte und leichte Unruhe aufkam. Ein paar Halbwüchsige machten sich einen Spaß daraus, den Touristenpelzmänteln Knaller hinterherzuwerfen und sich dabei von der Polizei nicht erwischen zu lassen. Die Uniformierten fanden das gar nicht witzig, weniger noch als die Damen in den Pelzen. Sie vergaßen ihre polizeiliche Würde und gingen hechelnd auf Verfolgungsjagd.

Franco Marini war der erste, der dabei unter die Räder kam. Er rappelte sich mühsam wieder auf. »Scheiße«, sagte er. »Vorsicht«, sagte der Polizist, der ihn umgerannt hatte, »Amtsehrenbeleidigung.« Das fehlt dir noch, dachte Marini und sah sich nach seinen Begleitern um.

Zwei Schaufenster weiter fand er sie wieder. »Amore, me lo compri, dopodomani?« Nein, dachte sich Franco Marini und sah auf die Blondtoupierte, nein, wozu braucht eine Frau wie du einen zwei Quadratmeter großen Schal in fünf Farben. Nein, wird nicht gekauft.

»Vedremo«, sagte der Ehemann, lächelte zweideutig und küßte seine Frau. Franco Marini ärgerte sich. Vedremo, dachte er, sagte laut: »Idiota!«, erschrak, und beruhigte sich erst wieder, als er merkte, daß sich keiner beleidigt fühlte, weil ihn keiner gehört hatte.

Als die Fünfergruppe am Stephansplatz angekommen war, sagten die Damen »Aah« und »Ooh« und verlangten dann, möglichst noch im alten Jahr, nach etwas Wärme, einer Damentoilette und einem heißen, alkoholversetzten Getränk. Die Herren ließen sich überreden, Franco Marini ebenfalls, dank Sobiezkis Schillingen.

Sie waren im selben Fußballverein, die zwei Männer. Stritten sich darum, welchen Stürmer man für die Frühjahrssaison dazukaufen sollte. Ihre Ehefrauen waren mit dem Kaffeeautomaten nicht zufrieden, der in dem Betrieb stand, in dem sie beide arbeiteten.

Franco Marini saß am Nebentisch, von den zwei Paaren nur durch eine Rückenlehne getrennt, die ihm bis zur Mitte des Hinterkopfes reichte. Er hörte alles, sah nichts und nippte an seinem doppelten Fernet.

Das Stürmerproblem schien gelöst zu sein, jetzt ging es um Überstunden. Der eine der beiden Männer – Franco Marini war sich sicher, daß es der mit der Cinzanoflasche war, und nannte ihn fortan den Cinzanomann –, der eine der beiden, der Cinzanomann eben, war gerade dabei zusammenzuzählen, wie viele Überstunden er in den letzten Monaten gemacht hatte. »Sono sempre i computer«, sagte er, und solange die nicht richtig liefen, war er zu Überstunden verdammt. Nicht, daß er das Geld nicht brauchen konnte, »n'è vero, amore?« sagte er – zu seiner Frau, wie Franco Marini unterstellte, der, die den Schal geschenkt haben wollte, und dafür mußte man schon ein paar Überstunden schieben, das war Marini auch klar. »Per quelle due lire non lo farei«, sagte der andere, und Marini mußte ihm recht geben. Für zwei Lire würde er auch keine Überstunde machen.

»Insomma«, sagte der Cinzanomann. Und hatte eine wichtige Stimme bekommen. Und erklärte dem anderen, daß die Überstunden nicht nur fürs Geld gut seien, auch wenn's nur zwei Lire wären, »sondern eine eminent politisch-strategisch-militärische Frage. Weil...«, sagte er, und die zwei Ehefrauen ließen vom Kaffeeautomaten ab, »weil ohne meine Überstunden, im Falle, daß einer der Computer ausfällt, die Sicherheit Europas gefährdet ist. Des Westens, du verstehst«, sagte er.

Franco Marini verstand gar nichts mehr. Nur soviel: Der Cinzanomann hielt sich für ziemlich wichtig.

»Weil«, sagte der Cinzanomann, »weil die Kontinentalraketen auf unserer Base computergesteuert sind, klarerweise. Wenn aber die Computer nicht richtig laufen, ist das ein Sicherheitsrisiko und führt zu Überstunden. Alles haben die Amerikaner auch nicht im Griff. Hai capito?«

»Sì«, sagte sein Gegenüber.

Franco Marini stand auf und winkte dem Kellner. Er hatte genug mitbekommen. Und er hatte eine vielversprechende Geschäftsidee. Endlich.

Franco Marini zerrte einen Touristen, der seine Neujahrswünsche etwas verfrüht nach Australien oder sonstwohin loswerden wollte, aus der Telefonkabine. Zwei Querstraßen weit hatte er laufen müssen, bis er eine gefunden hatte. Und er hatte nicht vor, sich die Chance, die sich ihm eben geboten hatte, vermiesen zu lassen. Nicht eine knappe Stunde vor Mitternacht. Frohes neues Jahr.

Die Telefonnummer des Cafés hatte er sich für einen Zehner Trinkgeld vom Kellner geben lassen.

»Mit dem Herrn am dritten Tisch rechts vom Eingang hätte ich gern gesprochen. Der, der am Eck sitzt, es ist ein Italiener. Sagen Sie ihm, es sei urgente, telefonata importante, ja?«

Marini spürte das Zögern am anderen Ende der Leitung. Aber er war wach. Hellwach. Diese Gelegenheit wollte er sich nicht entgehen lassen. Sobiezki würde Augen machen.

»Es ist wichtig«, sagte Marini, »eine dringende Familienangelegenheit. Holen Sie ihn ans Telefon. Dritter Tisch rechts, der Herr am Eck. Los. Bitte. Telefonata importante.«

»Pronto...«

Franco Marini hatte die Minute, die es gebraucht hatte, bis der Cinzanomann ans Telefon gekommen war, gut genutzt. Er hatte nachgedacht. Wie er seine Geschäftsidee am besten an den Mann bringen sollte.

»Hallo«, sagte er und spielte gebrochenes Deutsch. »Ick abe Ihne ein Angebot zu macken. Ören Sie gut zu.«

»Ma chi parla?«

Das, Cinzanomann, werd ich dir nicht sagen, dachte Marini. Jetzt bin ich am Zug.

»Stia calmo«, sagte Marini, »bleibe Sie ruhig. Ganz ruhig un ören Sie zu. Ich schlage Ihne ein Geschäft vor. Un' affare, capisce?«

»No«, sagte der Cinzanomann, »Lei che vuole?«

Immerhin hatte er nicht aufgelegt. Was ich will, wirst du gleich erfahren, du PelzEheComputerCinzanomann, dachte Marini. Und zwang sich zur Ruhe. Wenn er ihm genug Angst einjagen konnte, würde es vielleicht funktionieren.

»Noi sappiamo tutto. Wir wisse alles«, sagte Marini dann und wiederholte: »Noi sappiamo tutto.«

Vom anderen Ende der Leitung kam ein kurzes Schnauben. Dann eine Pause.

»Dica«, sagte der Cinzanomann dann.

Marini atmete tief durch. Er hatte ihn. Hatte ihn an der Angel. Dica, hatte er gesagt. Ich werd's dir schon sagen, bloß keine Eile, Mann, dachte er.

»Was is los?« sagte der Cinzanomann.

Bemühte sich sogar noch, deutsch zu sprechen. Sprach es gar nicht schlecht.

»Wir wisse alles, sai«, sagte Marini. Und ließ sich Zeit. »Du bis in Wien nickt wege Urlaub. Das wisse wir.« Pause. »Du wills Informatione verkaufen. Sei un traditore, eine Verräta bis du. Ein Spione.«

»Ma senta ...« Der Cinzanomann zögerte, schien zu überlegen.

Könnte klappen, dachte Marini, laß ihn nicht zu lange denken, dann klappt es. Wenn er zuviel Zeit hat, steigt er dahinter, daß alles nur heiße Luft ist.

»No, senta un po Lei«, sagte Marini. »Du arbeites auf eine Raketenstützpunkt der Amerikaner in Italia. Bis Computerfackmann, Raketensteuerun. Un du bis in Wien, e noi sappiamo perchè, wir wisse, wieso. Wir abe dir eine Vorschlag zu macke.«

»Dica«, sagte der Cinzanomann, »sagen Sie.«

»Eine Geschäftsidee. Gans einfack. Du gibs uns sofort zehntausend Schilling. Un wir verrate dick nick. Verräta.«

»Quanto?«

»Diecimila scellini. Subito. Eute nackt nock. O chiamiamo la polizia. Wenn nickt, schicke wir dir die Polizei. Un du kanns Silvester mit Polizia feiern und ihne alles erkläre. Wird dein Frau nickt freue un deine Freunde auch nickt.«

»Fanculo, is gut«, sagte der Cinzanomann. »Is gut. Aba zehntausen scellini ick nicht abe. Dreitausen. Un Lire.«

Franco Marini hielt den Atem an. Dreitausend!

»Lire lieba nickt«, sagte er. Er lebte schon zu lange in Österreich, hatte im Cadornesischen keine Chance mehr und war auch nicht daran interessiert, nach Südtirol zum Törggelen zu fahren.

Als der italienische Angestellte im Dienste der amerikanischen NATO-Streitkräfte in Italien wieder an den Tisch zurückkam, an dem seine Ehefrau, sein Fußballvereinsbruder und dessen Ehefrau beziehungsweise die Arbeitskollegin seiner Frau saßen, blieb er ungewöhnlich ruhig, rührte in seiner Kaffeetasse und starrte vor sich hin.

»Chi era?« wollte seine Frau wissen.

»Niente, uno sbaglio«, sagte er und dachte: Es kann nur eine Verwechslung gewesen sein. Dann rührte er wieder im Kaffee. Und war sich nicht mehr ganz so sicher.

Franco Marini rieb sich die Hände. Ihm war kalt geworden. Vor Aufregung. Sobiezki, dachte er und ballte die Faust, dreitausend, mein Lieber! In zehn Minuten. Wenn das keine Geschäftsidee ist.

Es war so einfach. Er war nur etwas spät darauf gestoßen. Hatte sich zu lange an Sobiezkis Kittel gehängt. Den Handlanger gemacht. Eis gerührt für Vater und Onkel. Und nie hatte etwas geklappt. Und jetzt, kaum nahm er die Dinge selbst in die Hand, lief alles wie am Schnürchen. Dreitausend! Dabei war das erst der Anfang.

Franco Marini schob sich durch die feiernden Passanten und suchte ein stilles Eck in einem Torbogen. Hier würde er auf das neue Jahr warten. Endlich eines, das besser anfangen würde, als das alte aufgehört hatte.

010189. Wien, 1. Bezirk

Zehn Minuten lang war es die Hölle gewesen. Links und rechts waren die Böller hochgegangen, Feuerwerk, Sekt- und Champagnerkorken.

Franco Marini mußte alle seine Sinne zusammennehmen, um sein Ziel nicht aus den Augen zu verlieren. Pünktlich und wie befohlen waren die vier eine Viertelstunde vor Mitternacht aus dem Café gekommen und wie alle anderen Richtung Stephansplatz gegangen. Er hatte sich an sie drangehängt und versucht, genug Abstand zu halten und sie trotzdem nicht aus den Augen zu verlieren. Vor allem nicht den Cinzanomann und die Zeitung, die aus dessen rechter Manteläußentasche herausragte.

Marini hatte mit angesehen, wie sich rings um ihn herum Punkt Mitternacht die Menschen in die Arme fielen und küßten, sich zuprosteten und ein paar Schritte tanzten. Er hatte es gesehen, aber nicht registriert. Für Franco Marini gab es nichts zu feiern. Für ihn gab es nur das Stück Zeitung, das er mit seinen Augen verfolgte.

Der italienische Angestellte im Dienste der amerikanischen Streitkräfte in Italien versuchte, sich seine Frau vom Leibe zu halten. Sie hatte, wie immer, wenn sie in Urlaub waren oder ein festliches Ereignis anstand, und zur Zeit war beides der Fall, ein unstillbares Bedürfnis, immer wieder ihre Arme um ihn zu schlingen, ihn einzuschließen in ihre Armklammer, zu erdrücken, den letzten Rest ehelicher Liebe aus ihm herauszupressen nach den fünf Jahren, die sie verlobt und den elf, die sie verheiratet waren.

Der Fußballvereinsbruder beugte sich über den Arm der Ehefrau seines Freundes und versuchte, ihn auf die Wange zu küssen. »Dai, festeggia«, sagte er. Feiern, dachte der italienische Angestellte im Dienste der amerikanischen Streitkräfte, hier gibt's wenig zu feiern. Dann sah er die zwei Polizisten, die auf sie zukamen.

Franco Marini wartete auf seinen Augenblick, auf die Sekunde, die ihm die dreitausend Schilling bringen würde, gefahrlos. Das nächste Mal, wenn sich seine Alte über ihn hermacht und ihn umarmt, daß er dasteht wie ein Entfesselungskünstler zu Beginn seiner Nummer, das nächste Mal ist er dran, dachte er. Dann sah er die zwei Polizisten, die auf sie zukamen.

»Lieber meld ich mich nächstes Jahr freiwillig, die Ausnüchterungszellen im zehnten Bezirk auszuwischen, als noch einmal im ersten die Streife zu gehen«, sagte der Polizist. »Schaaßsilvester. Wir machen uns hier zum Teppen und laufen den elfjährigen Tschuschen hinterher, und bis ich zu Haus bin, ist die Alte wieder bsoffen und ich wieder nüchtern.«

Dann sah er den Kracher fliegen und wartete darauf, daß er explodierte.

Als der Explosionskörper das tat, wozu er geschaffen worden war, zuckten zwei Polizisten, vier italienische Urlauber und ein italo-österreichischer Eismacher i. R. zusammen, und einer lachte. Der, der ihn geworfen hatte: ein kriegsversehrter, mehrfach dekorierter Perchtoldsdorfer Rentner mit glorreicher Waffen-SS-Vergangenheit und Kärtner Abstammung, der seit Stalingrad unter anderem an einem schweren Hörschaden litt.

Zwei italienischen Damen entfuhr synchron ein Schrei, einer der Polizisten stieß einen wütenden Knurrlaut aus, und ein italienischer Tourist versuchte, sich aus den Armen seiner jetzt weinenden Ehefrau zu befreien und wieder Luft zu bekommen, als er spürte, wie ihm jemand an seine rechte Manteltasche faßte.

Der Polizist stürzte sich auf den einzigen halbwegs jugendlichen Unterdreißigjährigen im Umkreis von zehn Metern, sprang ihn, da er am Weglaufen war, von hinten an, sah, wie aus einer Zeitung, die dieser in der Hand hielt, etwas fiel, das er für ein Stück Papier hielt, und atmete zufrieden durch, als er den jungen Mann endlich im Polizeigriff hatte.

Franco Marini versuchte erst gar nicht, sich aus dem Griff zu befreien. »Ois Leiwand«, sagte er und hoffte. Hoffte, daß sich der Irrtum aufklären lassen würde, hoffte, daß ihm die anderen zwei Tausender nicht auch noch aus der Zeitung fallen würden, und hoffte vor allem, daß der Italiener sich ruhig verhalten würde.

»Brav bist«, sagte der Polizist und versuchte, zu Atem zu kommen.

»Eh«, sagte Marini, »is eh klar.«

Dann gelang es ihm, einen Blick nach hinten zu werfen. Er sah einen italienischen Touristen, der mit einer halbleeren Flasche Spumante Asti Cinzano dastand, keine zwei Meter entfernt, ihn anstarrte und sich dann umdrehte und ging. Franco Marini atmete durch. Das Schlimmste war überstanden.

Der italienische Angestellte im Dienste der amerikanischen Streitkräfte hatte sich umgedreht, hob die Cinzanoflasche und prostete seiner Frau zu. »Un felice anno nuovo, amore«, sagte er und atmete erleichtert auf.

311289. Berlin, Kurfürstendamm

Daß die Leute um ihn herum Silvester feierten, kümmerte Franco Marini nur, weil es ihm vielleicht nützlich sein konnte. Für einen etwas unsicheren Taschendieb ist es einfacher, einen Angetrunkenen um seine Geldtasche zu erleichtern. Richtige Professionelle sehen das anders, weil die Bewegungen besoffener Opfer zu unkontrollierbar sind. Daß die Leute um ihn herum besonders ausgelassen feierten, weil es seit Jahrzehnten der erste Jahreswechsel in einem Berlin ohne Mauer war, konnte Franco Marini nur recht sein. Um so betrunkener würden sie sein, hatte er sich ausgerechnet und recht behalten.

Auf zweihundert Mark und ein paar Zerquetschte war er

in vier Stunden gekommen. Und es fehlten noch zweieinhalb Stunden bis Mitternacht. Würde eine gute Schicht werden, für einen wie ihn.

Marini wußte inzwischen selbst, daß er keine Leuchte seines Gewerbes war. Viermal hatte er sich in Wien schnappen lassen müssen, bis ihm klargeworden war, daß es besser war auszuwandern. Ein Russe hatte ihm vor zwei Wochen den Tip gegeben, es in Berlin zu versuchen. »Die haben da keinen Kopf mehr auf den Schultern, Dawarisch«, hatte er gesagt und war sich mit der Hand vor der Stirn hin und her gefahren. »Die spinnen zur Zeit. Bleibt hoffentlich noch lange so.«

Franco Marini hatte sich, kaum waren die zwei Wochen Gefängnis, die er wieder einmal aufgebrummt bekommen hatte, abgesessen, auf den Weg nach Berlin gemacht. Und wirklich: Es hatte sich gelohnt. Zweihundert Mark, vier Stunden, und kein Bulle weit und breit. Optimal. Diesmal, dachte er, wird's ein gutes Jahr.

Als er bei dreihundertzwanzig Mark angelangt war, gönnte sich Franco Marini eine Verschnaufpause, versorgte sich mit einer Currywurst, holte sich bei dem Polen, der in einem Hauseingang Wodkaflaschen für einen Zehner pro Liter verkaufte, seine zweite Flasche und lehnte sich an einen der Leuchtkästen, in deren Nähe die Ku'damm-Nutten ihren Firmensitz hatten. Er sah ihnen zu, sah den Touristen zu, wie sie mit ihren Ehefrauen um die Nutten herumstrichen und sich zwanzig Sekunden Gratiserotik holten. Dann ließ er Currywurst und Wodkaflasche fallen und rannte los. So schnell er konnte. Der Mann, der da auf ihn zugegangen war, erinnerte ihn an Wien.

Ezio Zermiani war nicht das erste Mal in Berlin. Aber das erste Mal in Berlin-West. Er hatte bei einem der vornehmen Ku'damm-Italiener, die von Libanesen betrieben wurden, gespeist, teuer und lausig. Jetzt war er auf dem Weg zur Gedächtniskirche. Wollte ein paar Schritte zu Fuß gehen, bevor er sich wieder ein Taxi nach Ost-Berlin nahm.

Die Besprechung hatte länger gedauert als geplant, weitaus länger, aber es war notwendig gewesen. Immerhin hatte sich seit dem Fall der Mauer einiges getan, mußte man sehen, wie man die sich überschlagenden Entwicklungen in den Griff bekam.

»Unauffälliger als in Westberlin, mitten am Ku'damm, können wir uns nicht treffen«, hatte sein Führungsoffizier gesagt. Und der mußte es schließlich wissen. Immerhin gehörte er zu einem der effizientesten Geheimdienste, die es weltweit gab. Und immerhin war er seit dreizehn Jahren sein Führungsoffizier.

Seine Frau würde ziemlich böse darüber sein, daß sie ihn um Mitternacht nicht in ihre Umklammerung schließen können würde, dachte Zermiani und beschleunigte unwillkürlich seine Schritte. Er hatte sie zusammen mit dem befreundeten Ehepaar in der Bar des Hotels Forum am Alexanderplatz zurückgelassen. Wie immer, wenn er seinen Führungsoffizier zu treffen hatte, war er mit Frau und Freunden auf Reise gegangen. Eine bessere Abschirmung gab es nicht. Seine Frau schob die kleinen Abstecher und kurzen Abwesenheiten seit Jahren darauf, daß ihr Ezio eben, trotz allem, noch einen kleinen Hang zum männlichen Geschlechtsgenossen hatte. Mit dem Genossen liegt sie auf jeden Fall richtig, dachte Zermiani und grinste vor sich hin. Bis sein Blick auf einen jungen Mann fiel, der an einem Leuchtkasten lehnte und eine Currywurst aß.

010190. Berlin, Kreuzberg

Franco Marini war um sein Leben gelaufen. Daß es genau darum, um sein Leben nämlich, gehen würde in dieser Silvesternacht, hatte er mit dem ersten Blick in das Gesicht des Cinzanomannes gesehen. Da war eine Entschlossenheit, Ordnung zu machen. Eine deutsche Entschlossenheit geradezu. Marini war gelaufen, gerannt, hatte Passanten angerempelt, war die Treppen zur U-Bahn hinuntergestolpert, hatte sich einmal überschlagen und dann in allerletzter Sekunde in den U-Bahn-Waggon gerettet. Jetzt saß er still in einer Ecke und sah auf das Blut, das an seiner Hand klebte.

»Du kommst da raus«, sagte er, »das schaffst du.«

»Frohes neues Jahr«, sagte ein ziemlich angetrunkener Fahrgast, der ihm gegenübersaß und sich angesprochen gefühlt hatte.

»Und wie!« sagte Marini, lachte kurz auf und sah sich um. Keiner da. Der Cinzanomann konnte es nicht mehr geschafft haben. Unmöglich.

»Rrrichtung Schlesisches Tor, zurrrückbleiben bitäää!«

Der Abfertiger hatte Marini aus seinem Dämmerzustand geholt. Nächste oder übernächste Station steigst du aus, dachte er, für heute hat dir deine Geschäftsidee genug gebracht, laß gut sein. Er würde sich eine Eckkneipe suchen und dort vor ein paar Bieren das Morgengrauen abwarten.

Als Franco Marini am Bahnhof Kottbusser Tor langsam die Treppen des nördlichen Ausganges hinabstieg, hielt er sich den Hinterkopf. »Cazzo«, sagte er, »da hast du dir ein richtiges Ei geholt.« Bei jedem Schritt dröhnte es in seinem Kopf. »Langsam, Marini«, sagte er, »langsam. Einen Schritt nach dem anderen. Du schaffst es. Ist nicht mehr weit. Achtzig Meter, und du sitzt vor deinem Schnaps. Und nach dem zweiten tut's nicht mehr weh.«

Dann stieß Franco Marinis Fuß an. Marini schaute auf, sah zuerst den Cinzanomann und dann das Messer, das er in der Hand hielt.

Zeugeneinvernahme

Nein, ich habe Benedetto Cilona vorher nie gesehen. Nie. Nicht vor heute vormittag, elf Uhr.

Ja, ich habe eine Stunde lang in seiner Küche gesessen. Für ein paar tausend Lire. Wird schon sein, daß das nicht viel ist, aber es ist meine Arbeit. Nicht die, die ich gelernt habe, aber immerhin eine. Kann gut sein, daß das keinen interessiert. Aber mich. Nein, ich will nicht vorlaut sein.

Nein, seither hatte ich keinen Kontakt mehr zu Cilona. Nein. Ja. Fällt mir jetzt wieder ein. Weil's nicht wichtig war. Nicht wirklich. Espresso, er einen, ich einen, in der Bar am Eck. Ich habe gezahlt. Nein, ich weiß nicht, was dann geschehen ist.

Ja, er war völlig normal. Was auch immer man darunter verstehen will, ja. Und was unsereiner halt davon versteht.

Nein, ich bin mit Cilona nicht befreundet. Immerhin habe ich schon gesagt, daß ich ihn vorher noch nie gesehen habe, wie sollten wir da befreundet sein. Unsympathisch nicht, das nicht. Aber noch lange nicht befreundet, deswegen. Ja, das seh ich so.

Normal. So normal, wie einer halt ist mit Frau und Familie. Da mach ich mich nicht lustig, das denk ich. Das wird man schon noch denken dürfen, oder ist das jetzt auch strafbar. Nein, ich bin ledig. Freiwillig.

Die Frau und die Kinder habe ich nicht gesehen. Nein, vorher auch nicht. Nie. Ein Bild von ihnen, Foto, ja, auf dem Kühlschrank. Ein Mädchen und ein Junge, vielleicht, nach den Sonntagskleidern zu schließen. Ja, wegen der Schleife, Rüschen, rosa. Acht Jahre, ja. Das hat mir Cilona gesagt. Gehört zu meiner Arbeit, ja. Nein, keinen Namen, weil das verboten ist. Alter, Geschlecht, Schulbildung, Zivilstand, annähernder Kontostand. Aber kein Name. Cilona war auf dem Bild nicht drauf. Eigenartig? Nein. Er wird das Foto gemacht haben. Am Strand, Sonntagsausflug. Nein, das weiß ich nicht deswegen, weil ich dabei war, das denk ich mir so. Ist ja normal. Das kann ich mir auch denken, wenn ich nicht verheiratet bin. Man sieht sie ja, wie sie sonntags spazierengehen mit ihren Frauen und Kindern. Wird so ein Sonntag gewesen sein.

Ich will jetzt einen Espresso. Vorher red ich nicht weiter. Nein, ich weiß nicht, wie das ist, bis an sein Lebensende in einem dunklen Loch zu sitzen. Ich hab eine kleine, aber helle Wohnung. Zu hell, im August, wenn man nicht ans Meer oder aufs Land fahren kann. Eine Arbeit beim Staat müßte man haben, fixes Gehalt und bezahlte Urlaubstage, krankfeiern und einen Nebenverdienst nebenher, den Capo spielen und Leute traktieren, die nichts tun, als sich ihr Brot zu verdienen, auch wenn's schwer genug ist, Tag für Tag.

Nein, damit habe ich niemand Bestimmten gemeint, auch keinen der Anwesenden, das wird man ja noch sagen dürfen, so etwas, wenn das Millionen denken. Das weiß ich schon, daß nicht die Millionen da sitzen, sondern ich. Und deswegen will ich jetzt einen Espresso. Vorher red ich nicht weiter.

Ja, ich kann mich erinnern, daß ich gänzlich selbstverschuldet vom Stuhl gefallen bin, eben, wegen eines Schwächeanfalles, der mit meiner Allgemeinkonstitution zu tun hat und mit sonst nichts, und ich bin froh, daß mir ein Espresso gebracht wurde, um mich wieder auf die Beine zu bringen, und ich bedanke mich dafür und für die Freundlichkeit und weise zur Sicherheit darauf hin, daß die Schürfwunden in meinem Gesicht und das Pfeifen im Ohr von diesem meinem gänzlich selbstverschuldeten Sturz von meinem Stuhl herrühren und eventuelle andere Verletzungen, sollten sie in den nächsten Tagen zu Tage treten, auf jeden Fall auch, und ich bitte darum, mich zu meiner eigenen Sicherheit und um den Folgen eines eventuellen nächsten Schwächeanfalles vorzubeugen und meine Unversehrtheit zu beschützen, bitte ich also darum, mich mit den zur Verfügung stehenden Mitteln an diesen meinen Stuhl zu fixieren zu meiner eigenen Sicherheit. Ja, ich weiß, daß Sie Zeit haben.

Nein, ich habe Benedetto Cilona vorher nie gesehen.

Ja, ich bin zur Schule gegangen. Pflichtschule. Dann noch drei Jahre. Kein Abschluß. Nein, mehr nicht. Ja, mir sind Gesetz und Ordnung und meine Rechte und Pflichten trotzdem ein Begriff.

Nein, ich habe Benedetto Cilona nie gesehen, außer heute zwischen elf Uhr vormittags und kurz nach zwölf, als er, nachdem ich ihm den Espresso spendiert hatte, wieder ging. Nein, ich weiß nicht, was dann geschehen ist. Ich verstehe auch nicht, wieso Sie mich verdächtigen. Und wessen. Ja, ich weiß, was Pädophilie ist. Aber das ist absurd. Völlig.

Ja, ich weiß, was ich dann getan habe. Ich habe mir noch einen Espresso bestellt und drei weitere Fragebogen ausgefüllt. Ja, ohne jemanden zu befragen.

Ja, mir ist inzwischen bewußt, daß das ein Vergehen ist, für das ich vor Gericht gestellt werden kann. Nein, das war mir vorher nicht so klar. Weil das alle machen. Weil das die Firma in den Preis auch mit hineinrechnet. Weil es ihren Kunden auch nicht auffällt. Ja, ich kann mir denken, daß irgendeiner auf jeden Fall der Geschädigte ist und daß diese Schädigung ursprünglich von mir ausgeht. Nein, ich habe nicht gewußt, daß das als Betrug gilt und auch mit Freiheitsstrafe geahndet werden kann.

Ja, ich habe im Leben Besseres vor. Ja, mir ist klar, daß ich viel Glück haben muß.

Ja, ich arbeite seit fast zwei Jahren als freiberuflicher Befrager. Ich mache dasselbe wie Sie. Stelle Fragen. Nein, damit habe ich nichts gemeint. Auch nichts Genaueres. Nein, das ist auch nicht vergleichbar. Ja. Ich sehe den Unterschied. Ja, ich trage keine Uniform. Ja, auch keine Waffe. Nein, ich bin keine Ordnungskraft. Eher eine Fragekraft.

Die Befragungen führe ich im Auftrag einer Marktforschungsfirma durch, immer neue Fragebogen, immer neue Fragen, immer für dieselbe Firma. Ja, scheint so, als ob die mit mir zufrieden seien.

Nein, ich weiß nicht, an wen die Auswertung weitergeleitet wird. Weiß ich auch nicht, nein. Ich weiß, daß ich Lire fünftausend je ausgefüllten Fragebogen bekomme. Und ich weiß, daß ich im Schnitt eine Stunde pro Fragebogen brauche oder mehr, wenn einer nicht da ist oder nicht aufmachen will oder mittags schon besoffen ist. Ja, das kommt häufiger vor. Auch, daß man mich zum Mittrinken einlädt. Nein, ich trinke dann nicht mit.

Ja, Benedetto Cilona stand auf meiner Liste. Nein, woher die Firma die Namen hat, weiß ich nicht. Diese Woche waren das alles Adressen im niedrigen Marktsegment. Nein, nicht ich, die Firma sagt das. Niedriges Marktsegment, das sind die Blöcke unten am Hang, die alten Neubauviertel, da, wo die Kanalisation noch nicht hingekommen ist. Ja, hat man mir gesagt. Nein, ich bin bei keiner Partei. Gewerkschaft auch nicht. Keine Zeit. Ja, ich nehme zur Kenntnis, daß die Kanalisation im Herbst in Betrieb gehen wird.

Ich bekomme die Liste, den Ausdruck mit den Namen und den Adressen zusammen mit den Fragebogen. Nein, das brauchen Sie nicht zu überprüfen. Ich war nicht bei allen, von denen ich einen ausgefüllten Fragebogen habe.

Das ist ganz einfach. Ja, ich weiß, daß die Firma ein Computerprogramm hat, das sie gegen die Fragebogen laufenläßt, um herauszufinden, ob einer von uns ein Betrüger ist und sie selbst beantwortet hat. Ja, erfunden. Nein, haben sie nicht, noch nie. In zwei Jahren nicht. Der Trick ist, drei Leute zu befragen und dann aus den drei Fragebogen fünf andere, neue zu bauen, indem man die Antworten durcheinanderwürfelt. Das geht, wenn man die Zahlen unter Kontrolle hat. Anzahl Familienangehörige, nahe, nächste, entfernte, Tiere, Autos, Garagen, Wohnungen, Telefonanschlüsse, Fernseher. Da darf einem natürlich nichts passieren. Aber sonst.

Ja, das ist so üblich. Ich gehe davon aus, daß meine Kollegen das genauso machen. Anders kann von den fünftausend Lire keiner leben. Ich wüßte nicht, wie, auch bei zwanzig Stunden am Tag.

Ja, Benedetto Cilona war zu Hause. Er hat mir beim ersten Klingeln aufgemacht. Es war einer dieser Wohnblöcke, in denen manchmal das Licht und manchmal der Strom ausfällt. Nein, damit will ich nicht behaupten, daß Rom den Süden Italiens vergessen hat. Auch Palermo nicht, nein. Damit wollte ich nur sagen, was ist. Ja, ich begreife, daß ich dazu nicht da bin. Nein, ich glaube nicht, daß ich wieder vom Stuhl fallen werde.

Nein, Benedetto Cilona war alleine. Ja, außer ihm war keiner da. Nein, ich habe nicht jede Zimmertür geöffnet. Aber ich habe niemanden gesehen. Ja, ich kann bezeugen, daß Benedetto Cilona zu Hause war. Nein, ich kann nicht bezeugen, daß er alleine war.

Ich muß dem hinzufügen: Ich habe nur den Benedetto Cilona gesehen, und insofern war er meiner Meinung nach allein zu Hause. Allerdings habe ich ein Kind weinen gehört in einem Zimmer. Aber das Kind habe ich jetzt nicht, wie soll ich sagen, nicht mitgerechnet. Weil das ja eine Kinderstimme war.

Ja, so gesehen muß ich sagen, daß ich von zwei Personen weiß, die in der Wohnung anwesend waren. Benedetto Cilona, den ich gesehen, und das Kind, das ich, ja, wiederholt gehört habe. Ein kleines Kind, der Stimme nach. Kleine Kinderstimmen kenn ich aus dem Fernsehen, das heißt, ich weiß, wie sie sich anhören. Auch wenn ich unverheiratet bin.

Nein, Cilona war äußerst höflich. Und hilfsbereit. Nein, das ist nicht normal. Normal ist … Ja, ich weiß, daß ich das gesagt habe. Aber das war vorher und etwas anderes. Ja, Cilona war normal, als Mensch, aber hilfsbereit war er, das war nicht normal.

Normal ist für einen Befrager, daß die Leute Angst haben, daß die Antworten gegen sie verwendet werden. Normal ist, daß sie eine Marktbefragung für ein Verhör in der Quästur halten.

Nein, ich will mich über die Art und Weise meiner Zeugeneinvernahme nicht beklagen. Auch nicht darüber, daß es eine ist.

Nein, Benedetto Cilona hat jede Frage beantwortet. Wenn er konnte. Weil manche Fragen einfach nicht zutreffen.

Ja, in der Küche. Er hat mir ein Glas Wasser angeboten und sich dafür entschuldigt, und ich war froh, weil ich vorher bei einer Dame drei hausgemachte Amaretti von ihrer Schwiegertochter aus Siracusa trinken mußte, aber das gehört eben zum Geschäft.

Ja, an diesem Tag gab es Wasser. Ja, ich sehe ein, daß es Propaganda ist zu behaupten, in diesem Viertel funktioniert die Wasserversorgung nicht.

Ja, das ist der Fragebogen, den ich bei der Befragung des Benedetto Cilona ausgefüllt habe. Ja, das sind seine Angaben. Nein, ich habe nichts verändert. Ja, das hat er alles selbst so angegeben.

Ja, Benedetto Cilona hat zwei Kinder und eine Frau. Aber mehr kann ich nicht dazu sagen. Die Daten auf den Fragebogen sind vertraulich und sind von mir auch so zu behandeln.

Ja, ich sehe, daß der Fragebogen des Benedetto Cilona vor Ihnen auf Ihrem Schreibtisch liegt. Ja, ich gehe davon aus, daß er hiermit ein Beweisstück ist. Nein, ich fühle mich von meiner Schweigepflicht trotzdem nicht entbunden. Nein, ich will nicht wieder vom Stuhl fallen. Vor allem, weil ja alles auf dem Fragebogen steht.

Nein, den Unterschied begreife ich nicht. Nein, immer noch nicht. Es ist zwei Uhr morgens. Ich habe Durst. Und Hunger.

Benedetto Cilona. Männlich. Vierundvierzig. Eine Frau. Weiblich. Zweiunddreißig. Einen Sohn. Neun. Lebt bei den Großeltern. Eine Tochter, zweieinhalb. Lebt in der ehelichen Wohnung.

Ja, lebt. Wortwörtlich. Hat Cilona so angegeben.

Nein, ich habe seine Tochter nicht gesehen. Ja, vielleicht war sie es, die ich gehört habe. Weinen, normal. Nein, nichts Besonderes. Gleich schon, ganz zu Anfang des Interviews. Wir saßen in der Küche, und ich hatte eben erklärt, wozu die Befragung gut sein soll und daß unter allen Beteiligten ein Fiat Panda verlost wird. Nein, ich glaube nicht, daß das die Firma auch wirklich tut. Aber es hilft. Ja. Ich hatte die ersten zwei Fragen abgehakt, als das Kind zu weinen anfing. Benedetto Cilona hat sich entschuldigt und ist in das Zimmer gegangen. Nein, ich habe nichts gehört. Nach zwei Minuten war er wieder zurück. Ja, ganz normal. Er hat sich wieder entschuldigt und sich hingesetzt, gelächelt und auf meine Fragen geantwortet. Ja, ganz ruhig. Nein, nichts Auffälliges. Ja, das Kind hat nicht mehr geweint.

Grundschule. Militärdienst. Zwölf Jahre verheiratet. Seither in Miete. Zweiundvierzig Quadratmeter. Führerschein Klasse D. Keine Lebensversicherung.

Nein, Cilona war nicht nervös. Er hat gelächelt, wenn seine Antworten nicht in die Kästchen paßten. Zum Beispiel Beruf. Arbeitslos, sagt er. Und lächelt. Ist nicht vorgesehen auf dem Fragebogen. Früherer Beruf. Maurer. Ich hab Bauarbeiter reingeschrieben, ja. Klingt besser. Beruf der Frau. Sie geht schwarzarbeiten, sagt Cilona, als Putzfrau, oben im Viertel. Hausfrau, schreib ich. Durchschnittliches monatliches Familieneinkommen. Weiß ich nicht, sagt Cilona und lächelt, die Unterstützung geht für die Miete ab, was ich manchmal und was meine Frau, ist eben sehr verschieden.

Nein, das Lächeln ist mir nicht aufgefallen. Waschmaschinenbenutzung alle zehn Tage, nein, alle sieben Tage, nein, drei, zwei, nein, sagt Cilona, Handwäsche ja, seit die Maschine kaputt ist, oder die Frau wäscht da, wo sie putzt, wenn's nicht auffällt. Selten. Persönliche Hygiene, wöchentliche Ausgaben, Höhe. Augenblick, sagte Cilona, das Kind hat wieder zu weinen angefangen. Ja, Cilona ist wieder in das Zimmer gegangen. Nein, nicht nervös. Nein, nichts gehört. Außer, daß das Kind aufgehört hat zu weinen. Ja, Cilona hat sich dann wieder an den Tisch gesetzt und gelächelt und sich entschuldigt. Ja, maximal fünf Minuten. Länger nicht. Ich habe meine nächste Frage gestellt. Cilona hat vorgeschlagen, in die Bar zu gehen, damit ich nicht wieder unterbrochen werde. Weil ich sonst nichts verdiene, wenn das ewig dauert, hat Cilona gesagt. Ich war einverstanden. Die restlichen Fragen, zwanzig Minuten, Viertelstunde vielleicht. Nein, Cilona hat dagesessen und geantwortet. Ruhig. Und gelächelt. Die zwei Espressi habe ich bezahlt. Dann bin ich gegangen. Cilona ist in der Bar geblieben.

Nein, das wollte ich nicht unterschlagen. Ja, ich bin nicht sofort gegangen. Ich habe noch zwei Fragebogen ausgefüllt am Nebentisch. Ja, erfunden. Mit Cilonas Daten, neu kombiniert. Ja, das weiß ich. Zwanzig Minuten. Ja, kann auch eine halbe Stunde gedauert haben. Nein, Cilona hat ruhig dagesessen und auf die Straße hinausgeschaut.

Nein, er hat kein Wort mehr gesagt. Ja, das kann der Wirt bezeugen. Wenn er es gesehen hat. Nein, wir haben nicht mehr miteinander gesprochen.

Ja, ich weiß, daß er ans Telefon gegangen ist. Nein, ich weiß nicht, wen er angerufen hat.

Nein, ich wußte nicht, daß er die Polizei angerufen hat.

Ja, er hat sich dann an meinen Tisch gesetzt. Nein, er hat kein Wort gesagt.

Nein. Er hat gelächelt. Sonst nichts.

Nein, ich bin nicht deswegen fünf Minuten später aufgestanden und gegangen, weil ich wußte, daß die Polizei kommt. Ich bin gegangen, weil ich fertig war. Weil ich noch Interviews machen wollte. Nein, ich habe mich dem polizeilichen Zugriff nicht entzogen.

Nein, ich weiß nicht, wieso Benedetto Cilona die Polizei angerufen hat. Nein, ich weiß nicht, was er am Telefon gesagt hat.

Nein, ich habe seine Tochter nie gesehen. Ja, auf dem Foto, da ja.

Nein, ich habe kein Stromkabel herumliegen sehen. Nein, Cilona hatte auch keines in der Hand.

Ja, ich weiß, wie alt seine Tochter ist. Der Fragebogen.

Nein, ich weiß nicht, daß seine Tochter heute gestorben ist. Nein, auch nicht, daß sie umgebracht wurde, als ich in der Wohnung war.

Nein, ich habe sie nicht getötet. Ich habe sie nicht einmal gesehen.

Nein, ich weiß nicht, daß Benedetto Cilona aus der Bar die Polizei angerufen hat und gemeldet hat, daß er seine Tochter mit einem Stromkabel erdrosselt hat.

Ja, ich weiß, daß ich mich weiter zur Verfügung halten muß, auch wenn ich jetzt nach Hause darf.

PS: Dem Protokoll liegt die Ablichtung einer Zeitungsmeldung bei:

Ich hatte nichts mehr zu essen für sie.

Vater erdrosselt Tochter mit einem Elektrokabel.

Palermo (u. r.) – »Ich habe sie umgebracht, weil ich sie nicht mehr ernähren konnte.« Das sagte ein arbeitsloser Palermi-

taner, Benedetto Cilona, 44 Jahre, der Polizei, nachdem er seine zweieinhalbjährige Tochter mit einem Elektrokabel erdrosselt hatte. Ein Ausbruch von Wahnsinn in einer Geschichte voller Elend und Verzweiflung. Der Mann, ein Bauarbeiter, der seit drei Jahren arbeitslos war, lebte mit seiner Frau in einer Sozialwohnung in der Via Cappuccini. Dort ereignete sich gestern um 13 Uhr die Tragödie. Der Mann war, wie seit geraumer Zeit schon, mit seiner Tochter Giuseppina allein zu Hause. (...)

Arbeitsbuch zum Fall des weißen Uno

0508. »Die Revolte gegen die Kontrolle führt in die Abhängigkeit.« Ist häufiger vorgekommen, in letzter Zeit, auffällig: daß passende Zitate wie von selbst vors Auto laufen. Das ist aber auch alles. Zitate.

0608. Selbst: nichts mehr geschrieben. Halleluja. Seit Wochen. Oder, um ehrlich zu sein, und warum nicht jetzt damit beginnen: seit Monaten. Keine Zeile. Und Burroughs ist gestorben. Vor ein paar Tagen. Gleichzeitig hundert Jahre Aspirin und fünfunddreißig Marilyn. Halleluja.

0908. Mein Ex-Verleger benimmt sich, als wär er mein Ex-Mann.

1108. Miete ist seit zwei Monaten fällig, schreibt man mir. Als ob ich das nicht selbst wüßte. Pfändungsklage: war für mich früher einmal ein guter Grund, um eine halbwegs akzeptable Kurzgeschichte zu schreiben und zu Geld zu machen. Heute reicht der Kuckuck noch nicht einmal für fünf miese Zeilen. Nebenan ist eine neue Mieterin eingezogen. Zwei Koffer. Sonst nichts. Blond.

1208. Er glaubt es mir immer noch nicht: daß ich nichts in der Schublade habe. Auf Diskette schon gar nicht. Kein Romanmanuskript, keine Erzählung, nicht einmal ein Gedicht. Und weil er es mir nicht glaubt, verdächtigt er den Verlag in der Hauptstadt. Sie haben dich gekauft, gib's zu, sagt er. Nein, sag ich, weil ich nichts zu verkaufen habe. Liebster, sagt er, mein Ex-Verleger, der sich noch immer für meinen Verleger hält, obwohl ich nichts mehr schreibe, Liebster, du bist vielleicht nicht die literarische Jahrhunderterscheinung, für die du dich hältst, aber kostendeckend waren deine Bücher bisher immer noch. Das ist viel, in Zeiten wie diesen. Und deshalb möchte ich dich nicht verlieren. Ist angekommen, sag ich. Wenn ich mal wieder etwas hab, so in zweihundert Jahren ungefähr … Verlaß mich nicht, sagt er. Verlaß dich nicht drauf, sag ich. Zwei Stunden später bringt ein Bote eine Kiste Wein. Sechs rote Chilenen. Wird mein Vermieter nicht in Zahlung nehmen, nehm ich an. Und nachdem die erste Flasche leer ist, weiß ich, daß auch aus den restlichen fünf kein Text entstehen wird. Und es liegt nicht am Wein.

1308. Flasche Schnaps geklaut. Der Rücken tut weh. Vielleicht helfen Einreibungen.

1608. Einreibungen haben nicht geholfen. Schnaps auch nicht. Rücken tut trotzdem nicht mehr weh.

1708. Finanzamt will Geld sehen. Ich auch. Können uns nicht einigen.

1808. Besuch im Finanzamt. Drohe damit, am längeren Hebel zu sitzen. Meine Bücher wird man noch lesen, wenn meine Steuerbescheide längst schon zu Staub verfallen sind. Die Dame vom Finanzamt (Fisceuse?) sagt: Dies ist keine Voraussetzung im Sinne Paragraph 222 Abgabenordnung. Kann sein, sag ich. Man wird so vernünftig, im Laufe der Zeit. Und älter.

1908. Nachbarin trinkt viel Milch: heute drei Liter gezählt. Vorgestern zwei. Das Blond scheint Kunst zu sein. Hat gelächelt. Hab zurückgelächelt.

2208. Sie mag meine Couch und liebt den chilenischen Roten: Eva Mikula, Rumänin. Weil nur eine halbe Flasche die letzten Tage überlebt hatte, habe ich meinen Verleger angerufen. Er läßt mir innerhalb einer Stunde eine zweite Kiste zukommen. Dafür mußte ich ihm 70 Seiten versprechen, lieferbar in drei Wochen. Daraus laß ich den Grafiker 120 Seiten machen, sagt mein Verleger, Edeldruck, genau richtig für dein Publikum. Er muß es gerochen haben: Ich bin in einer Situation, in der ich zu allem ja sagen würde. Eva kann zugreifend sein.

2308. Nichts Neues. Eva trinkt immer noch keine Milch. Ich auch nicht.

2508. Neue Kiste angefordert. Verleger möchte vorher zwei Seiten Konzept sehen. Kommt per Fax, sage ich. Eine Stunde später kommen zwei Flaschen (Rowan Brook. Cabernet Sauvignon. Canepa. Maipu, Chile) an. Und ich überlege immer noch, was man in ein Konzept schreibt, wenn man keines hat. Um zu überlegen, lege ich mich in die Badewanne, noch haben sie Strom und Wasser nicht abgezwackt. Eva spielt mit dem Schaum und dem, was darunter schwimmt, und als ich mich frage, wer den nächsten Chilenen aus der Küche holen wird, meldet sie sich freiwillig. Dann liege ich allein in der Badewanne und rätsle, mit welchem meiner frühen Romane ich mir das verdient habe. Als das Telefon klingelt, ruft Eva: Ich mach schon.

2608. Eva ist hinter mein kleines Geheimnis gekommen. Mein Verleger war, als er gestern ihre Stimme hörte, sehr entsetzt: akuter Anfall kombinatorischer Intelligenz. Er hat Eva klargemacht, wem die chilenischen Wohltaten zu verdanken sind und was er sich dafür erwartet. Und wann. Und daß er kein Verständnis für Badewannenparties hat, solange ihm kein Konzept für ein neues Buch vorliegt. Eva sagte: Ja, Chef, ja, dann stand sie im Badezimmer, Schaum auf den Oberschenkeln. Und mit fordernden Brüsten.

2708. Kater. Früher war man jünger. Wieso, weiß ich nicht.

2808. Mein Ex-Verleger ruft an, Eva klopft an die Tür. Ich tu den beiden nicht den Gefallen zu sterben. Obwohl ich mich verdammt danach fühle. Sie wollen nur an meinen Nachlaß ran. Als ob da einer wäre.

2908. Entsinne mich meines Jugendfreundes: hatte mich, in Zeiten, wo diese von unsereinem mit Gold aufgewogen wurden, als Ingenieur einer Fertighausfirma mit Sperrplatten versorgt. Laubsägearbeiten, das Reh, cappuccetto rosso, ein Drache. Der fliegende Seebert.

3008. Ich war mit Sperrplatten so überversorgt, daß daraus ein schwunghafter Handel entstand. Damals, das einzige Mal in meinem Leben, war ich reich. Wo der Reichtum geblieben ist, weiß ich nicht.

Heute liege ich im Bett und sehe Klosterfrauen um ein Nachttischlämpchen tanzen, das gar nicht da ist. Dann wache ich auf, und mir fällt ein, daß mir die Klosterfrauen erzählt wurden. Unsereinem bleiben sowieso nur die räudigen weißen Mäuse.

0109. Stille. Ich sitze in meiner Küche und schaue aus dem Fenster. In einem früheren Leben wünschte ich mir, einmal in einer Rezension lesen zu können: Der Autor ist ein Verrückter; er weiß, was er tut.

Ich habe beschlossen, nicht mehr zu schreiben. Eva klopft. Verleger ruft nicht an. Ich sitze in meiner Küche und schaue aus dem Fenster. Stille.

0209. Werde wach, weil sich an der Wohnungstür etwas tut. Zwangsräumung? Ein großer Briefumschlag, durchgeschoben. Vielleicht ist eine Geschichte drin, steht auf dem Umschlag. Sonst nichts. Ich schaue hinein: Zeitungsartikel. Lege mich wieder ins Bett.

0309. Hunger, nach sechzehn Stunden Schlaf. Kurz nach Mitternacht. Genehmige mir ein Kebab beim Türken ums Eck. Blättere in den Zeitungsartikeln. Und fange an zu lesen.

»Den drei Brüdern Savi, zwei Polizisten und ein LKW-Fahrer, und drei weiteren Polizisten (siehe Kasten) wird vorgeworfen, gemeinsam und in wechselnder Besetzung an die zwanzig Menschen umgebracht und knappe hundert verletzt zu haben. Das ist mehr, als RAF oder Brigate Rosse je auf ihrem Konto hatten.«

Schiebe das Kebab zur Seite und bestelle mir einen Raki. Vielleicht wird es ja noch. Ich weiß nicht, ob ich will. Neue Überschrift. »Die handelnden Personen. Eine vorläufige Liste.« Da meint es jemand gut mit mir. Ich lese weiter:

Roberto Savi, genannt »il monaco«, »il corto«. Chef der Gruppe, teilgeständig. Saß in der Einsatzzentrale der Bologneser Quästur. Leitender Polizeibeamter. In seiner Personalakte finden sich diverse Hinweise auf Mißhandlungen von Verhafteten. Regelmäßige, tägliche Schießübungen.

Alberto Savi, der kleine Bruder. Auch er Polizist in Bologna. Genannt »Luca«, »il buono«. Teilgeständig. Verheiratet, ein Kind. Hat, nachdem die Brüder Roberto und Fabio bereits verhaftet waren, betrübt um Versetzung angesucht.

Fabio Savi, genannt »il lungo«. LKW-Fahrer, teilgeständig, geschieden. Seine Ex-Frau hat ihrem neuen Partner, einem Polizisten, von den ihr bekannten Fällen erzählt. Er hat sie ausgelacht. Seit drei Jahren ist Fabio Savi mit Eva Mikula liiert. Die Rumänin ist die Kronzeugin der zur Zeit laufenden Untersuchung.

Ich schaue auf das Datum: Der Zeitungsausschnitt ist eineinhalb Jahre alt. Und die Kronzeugin meine Nachbarin.

Pietro Gugliotta, Polizeibeamter. Hat seine Beteiligung an einigen Überfällen gestanden.

Mario Occhiopinti. Vizechef der Drogenkommission der Bologneser Polizei, beliebter Gewerkschaftler. Hat, als es zur Verhaftung kommen sollte, seine Frau und seine zwei Kinder »als Geiseln« genommen.

Luca Valicelli, agente scelto, arbeitete an der Polizeischule. Hat seine Beteiligung an einigen Überfällen bereits gestanden.

Das könnte, denke ich, deine neue Geschichte sein. Hat alles, was notwendig und gefragt ist. Mord und Totschlag, law and order. Und Eva.

0409. Waren die Augen wieder größer als der Magen. Und der Kühlschrank kleiner als der Hunger. Kartoffeln mit Butter, Pfeffer und Salz. Formidable. Jetzt gibt es keine Ausrede mehr. Mach dich an die Zeitungsausschnitte, Sklave. Ich notiere.

Chronologie des laufenden Wahnsinns.

3. April 1987, Cesena. Auf einem Teilstück der A 14 wird ein Polizist erschossen, ein weiterer verletzt. Eva Edit Mikula, die 19jährige Freundin des LKW-Fahrers Fabio Savi, beschuldigt diesen und seine zwei bei der Polizei arbeitenden Brüder als Täter.

20. Juni 1987, Pesaro. Überfall auf eine Mautstelle der A 13, einige hunderttausend Lire Beute. Roberto Savi hat die Tat gestanden. Es folgen weitere Überfälle auf Mautstellen.

19. Februar 1988, Casalecchio sul Reno. Nachdem es bereits zu mehreren gewalttätigen Überfällen auf die »roten« COOP-Supermärkte der Emilia-Romagna gekommen ist, wird bei einem weiteren Überfall zwar kein Geld erbeutet, am Tatort bleiben aber ein Toter und drei Verletzte zurück. Tatmerkmale: drei Männer, ein weißer Uno, ein Gewehr Beretta AR70 und ein Revolver 357er Magnum als Waffe. Die Täter schießen auch auf umstehende Häuser.

20. April 1988, Castelmaggiore. Überfall auf einen COOP-Supermarket, zwei Carabinieri werden niedergeschossen. Die Täter benützen einen weißen Uno, nach ihrer Verhaftung findet sich im privaten Waffenlager der Polizisten die zur Tat gehörende Waffe, eine 357er Magnum.

26. Juni 1989, Corticella bei Bologna. Überfall auf einen COOP-Supermarket. Weißer Uno, Tatwaffe eine AR70, ein Pensionist wird erschossen, vier Wachleute verletzt.

18. Oktober 1989, Casalecchio bei Bologna. Eine 59jährige Frau wird von zwei Männern mit vorgehaltener Pistole gezwungen, ihnen ihr Auto zu überlassen. Sie wehrt sich nicht. Trotzdem wird aus nächster Entfernung auf sie geschossen. Ebenso auf einen dazukommenden Pensionisten. Beide bleiben unverletzt. Das Auto wird später einige hundert Meter weit entfernt verlassen aufgefunden.

15. Januar 1990, Bologna. Überfall auf ein Postamt. Die Täter werfen eine Bombe (fünfundvierzig Verletzte) und flüchten (weißer Uno), ohne eine Lira erbeutet zu haben.

6. Oktober 1990, Bologna. Versuchter Handtaschenraub. Ein Augenzeuge, der sich das Kennzeichen des weißen Uno notiert, wird auf offener Straße mit dem schon bekannten Revolver 357er Magnum hingerichtet.

0509. Es reicht erst mal. Allein gelassen, wie ich bin. Mein Ex-Verleger schweigt. Die Chilenen besuchen mich auch nicht mehr. Von Eva vermute ich inzwischen, daß es sie gar nie gegeben hat.

Und ich verzweifle an den Bullen: das Preis-Leistungs-Verhältnis, der Pro-Kopf-Ertrag, den sie abliefern, ist jenseits von Gut und Böse. Ich merke, wie ich wieder in Verschwörungstheorien verfalle. Zum Beispiel, was das Solanin in Kartoffeln betrifft. Hochgiftiges Alkaloid. Wenn das keine Möglichkeit ist. Ich fühle mich schlagartig etwas unwohl und sichere (Beweisstück Nummer zwei der Anklage, Euer Ehren) die Reste.

0609. Konnte mich im allerletzten Augenblick davon abhalten, Kartoffelvergiftung mit Kartoffelschnaps zu bekämpfen. Immerhin: Frühstück ist Frühstück. Egal, um welche Uhrzeit.

In dieser Nacht sind die Savis durch mein Zimmer gelaufen. Dann haben sie einen schwarzblau rauchenden rosa Fiat Uno durchs Bild geschoben. Wollte helfen, als ich aufwachte. Schäme mich jetzt dafür: einem Bullen helfen! Na ja. Und dann beschließe ich zu arbeiten. Vielleicht hilft das. Ich lese weiter.

10. Dezember 1990, Bologna. Überfall auf ein Nomadenlager. Aus einem weißen Uno wird mit einem Revolver (357er Magnum) und einem Gewehr (AR70) auf die Wohnwagen geschossen. Neun Verletzte.

19. Dezember 1990, Rimini. Auf die Bar »Blue line«, von der bekannt ist, daß sie gern von extracommunitari, außer-

europäischen Einwanderern also, besucht wird, wird geschossen. Ein Tunesier stirbt, sieben weitere Kunden werden verletzt. Die Zeugin Mikula berichtet, daß die Brüder Savi sich gebrüstet haben, wie »wir die fertiggemacht haben«.

23. Dezember 1990, Bologna. Aus einem weißen Uno wird auf ein Zigeunerlager geschossen (AR70 und 357er Magnum). Zwei tote Nomaden, zwei Verletzte, darunter ein sechsjähriges Mädchen.

27. Dezember 1990, Castelmaggiore. Überfall auf eine Tankstelle (maximal mögliche Ausbeute: ein paar Millionen Lire), ein Kunde wird erschossen, der Betreiber verletzt (357er Magnum). Die Täter flüchten in einem weißen Uno, nehmen einen Augenzeugen mit, der später tot am Straßenrand aufgefunden wird. Ihm ist mit einer Beretta 98 special durch den Mund ins Hirn geschossen worden.

4. Januar 1991, Bologna. Drei Carabinieri werden erschossen. Laut Aussage der Zeugin Mikula, weil kurz vorher ein Überfall auf ein Nomadenlager mißlungen ist. Tathergang, -auto und -waffen (ein Gewehr AR70, das im November '94 bei den Brüdern Savi gefunden wird, und ein Revolver 357er Magnum) stimmen mit den anderen Fällen überein. Zur Zeit läuft ein Mordprozeß gegen zwei Jugendliche und einen Vorbestraften, die die Tat allerdings immer bestritten hatten.

15. Jänner 1991, Pianoro. Mordversuch mit einer 357er Magnum an einem Carabiniere.

20. April 1991, Bologna. Ein Tankstellenpächter wird erschossen. Verwendet wird wieder ein AR70 und die 357er Magnum.

2. Mai 1991, Bologna. Im Waffengeschäft Ansaloni werden zwei Leichen gefunden. Es ist das einzige Geschäft in Bologna, in dem man unkompliziert Munition zu schweren Waffen wie ein Gewehr vom Typ AR70 bekommt. Tatwaffen: zwei Beretta 98 special, beide wurden inzwischen bei den Brüdern Savi gefunden.

29. Mai 1991, Rimini. Drei Carabinieri werden angeschossen und verletzt.

19. Juni 1991, Cesena. Bei einem Überfall wird ein Tankstellenpächter mit einer Beretta 98 special erschossen.

5. Juli 1991, Riccione. Mit Dynamit wird versucht, sich Zugang zu einem Postamt zu verschaffen. Es mißlingt. Zehn Tage später wird dem Direktor des Postamtes und seinem Sohn, während sie nach Feierabend das Postamt verlassen, in die Beine geschossen.

15. Juli 1991, Cesena. Überfall auf ein Postamt. Zwei Verletzte, Tatwaffe Beretta 98 special.

9. August 1991, Rimini. Überfall auf ein Postamt, eine Bombenexplosion verletzt einen Kunden.

18. August 1991, Rimini. Aus einem weißen Uno wird mit einer Beretta 98 special auf ein Auto geschossen, in dem drei Farbige sitzen. Zwei Senegalesen werden getötet, einer verletzt. Die Täter schießen noch auf ein Auto mit Jugendlichen, die Zeugen der Szene wurden, und flüchten dann.

28. August 1991, Pesaro. Raubüberfall, in dessen Verlauf zwei Polizeibeamte verletzt werden, Tatwaffen die zwei Berettas.

10. August 1992, Cesena. Überfall auf den Credito Romagnolo, ein Verletzter.

24. Februar 1992, Bologna. Banküberfall, ein Toter. Tatwaffe: Beretta 98 special.

3. März 1994, Bologna. Überfall auf die Banca di Imola, ein Angestellter wird verletzt.

25. Mai 1994, Pesaro. Überfall auf die Cassa di Risparmio. Der Direktor wird ermordet. Tatwaffe Beretta 98 special.

6. September 1994, Bologna. Überfall auf den Banco Adriatico.

21. Oktober 1994, Bologna. Überfall auf die Banca dell'Agricoltura. Zwei Verletzte.

Eva ist noch wach. Als sie die Zeitungsartikel in meiner Hand sieht, lächelt sie. Wirst du eine Geschichte schreiben? sagt sie. Erzähl mir mehr, sage ich, und ich schreibe deine Geschichte. Ist es das, was du von mir willst? sagt Eva. Ich antworte nicht.

0709. Sechzehn Stunden Band aufgenommen, Notizen, Seiten über Seiten. Und ein Buch im Kopf. Eva liegt auf der Couch und schläft. Manchmal weint sie im Schlaf.

Schicke meinem Verleger ein Fax: Habe eine Geschichte für dich. Dreiundzwanzig Leichen, hundert Verletzte, fünf Polizisten, ein LKW-Fahrer. Und eine Rumänin. 160 Seiten, lieferbar in drei Monaten. Wie wär's mit entsprechendem Akonto?

Das Zitat vom 0508 wiedergefunden. Lautet vollständig: »Die Revolte gegen die Kontrolle führt in die Abhängigkeit. So wie die Geste der biografischen Revolte in die Abhängigkeit von der Droge führt, die Geste gegen die politische Kontrolle in die Abhängigkeit von Konstruktionen paranoider Systeme, so führt auch die Revolte des Textes gegen seine Kontrolle (durch den Autor als letzte Instanz gesellschaftlicher Macht) in die Abhängigkeit, und zwar in die Abhängigkeit von der Sprache selbst.«

0909. Habe einiges zu tun.

Rebibbia

ahoi.

mit glasigen augen verfolge ich auf dem kleinen fernseher die dünne schwarze linie die unverrückbar und platt ein hitzewochenende für mittelitalien bedeutet. ich drehe mich langsam. die augen meiner freunde sind ausgeschaltet die enttäuschung ist groß. übrigens war heute früh der wetterbericht der marine mehr aufs vielleicht ausgerichtet. schien irgendeine möglichkeit offenzulassen: eine leichte störung vom biskaya-golf kommend könnte möglicherweise mittel- und süditalien beeinflussen. mögliche wetterveränderungen. die italienische marine war unsere hoffnung gewesen. das stelle man sich einmal vor

es ist halb acht uhr abends. alle da. zu acht in den krematoriumsofen der zelle gesteckt. fenster offen scheißhaustür offen gucklochklappe offen: keine kleinste luftbewegung. die papiervögel / resultat kreativer winterlicher augenblicke / mit fäden am überboden befestigt bewegen sich seit einem monat / so stillstehen können! / nicht mehr

jedes blatt steht still wenn gott es will – sagen sie – da bleibt nichts übrig als auf ein handfestes zeichen gottes zu hoffen;

zu hoffen er könne auch andersrum. logischer schluß. wenn man es mit einer gruppe praktizierender atheisten zu tun hat kann so etwas ohne weiteres auf einen hitzschlag schließen lassen. keine angst; es ist so

wenn der römische sommer kommt / nach vier jahren untersuchungshaft / stellt der häftling also fest daß das der vierte sommer im gefängnis ist hofft daß es nicht auch noch zu einem fünften kommen wird und führt zwei vivisektionen an sich durch. die erste: die außenwelt endgültig / gleichzeitig nur vorläufig / auslöschen. diese radikale operation läuft / meistens / unbewußt ab. schritt für schritt werden mit dem aufmarsch der warmen tage dubiose wörter wie meer berge seen fluß baum blumen wiesen aus den gesprächen gestrichen. keiner darf und kann sie aussprechen. andererseits: es genügt ein nichts: die freunde und die übliche postkarte aus indien ein echter schmetterling der von werweißwoher kommt ein strand kombiniert mit hüftfleisch oder busen einer frau / wenn auch im blaugrau des fernsehers /. und die geduldige verdrängungsarbeit von tagen und tagen und nächten verschwindet im nichts. und dann: taumeln torkeln tänzeln trudeln. du weißt: im sommer 80 saß ich in einem spezialgefängnis. ein inhaftierter genosse der seit 12 jahren hinter gittern saß und trotzdem leicht brigatistisch war sagte mir: die frauen sind eine erfindung des kapitals um die kommunisten zu vernichten. heilige worte! nur daß mir damals diese these in ihrer selbstverständlichkeit etwas überflüssig erschien. tatsache war ja auch daß ich erst seit sechs monaten saß die zweite vivisektion ist die: sich davon überzeugen daß man nicht ein mensch ist sondern ein gegenstand / wenn auch einer in bewegung /. ich bin kein mensch – wiederholt man vor sich hin – sondern ein ziegel ein stück stein eine tür ein stuhl. diese gegenstände spüren die hitze nicht. ich auch nicht. normalerweise funktioniert so etwas für einige tage dann bricht auch hier alles in einem einzigen augenblick zusammen. falls einer den ganzen tag ein angenehmes gefühl von bewegung beimischen will kann er natürlich sagen: ich bin ein zug eine straßenbahn ein luftkissenboot ein hubschrauber. das resultat bleibt sich das gleiche

was also tut man in rebibbia wenn man nicht mehr weiß was tun?

wenn in roma-urbe 38 in roma fiumicino 36 grad gemessen werden? wenn man in den zellen leicht auf vierzig grad kommt? nichts; und eher ungern briefe schreiben wie zum beispiel diesen hier

nehmen wir an einer von euch da draußen würde guten willen zeigen und vorschläge machen; in der richtung: man kann ja auch den ganzen tag im freien bleiben. man sieht ihr habt keinen tau / auch so ein wort /. grad wenn's richtig heiß wird macht der gefangene seinen bewachern angst. wie soll er es aushalten ohne zu rebellieren schreien protestieren? kann sogar sein daß in der bude das wasser fehlt. aber der häftling ist kein mensch er ist ein tier ein wildes. oder besser: er ist ein mensch der »gegen das gemeinwesen sich verfehlt hat und der überwacht und gebessert werden muß«

also tut's ihm ganz gut auf jeden fall ein wenig zu leiden zu haben. vor allem unter der hitze. besser noch wenn er schon im voraus und ohne verurteilung heruntergemacht wird er merkt's sich's genauer

noch immer einer von euch da draußen; fragt dich: habt ihr keinen kühlschrank? nein. aber an die frische luft geht ihr wenigstens? ja zweimal am tag für insgesamt viereinhalb stunden in einem hof voller staub ohne irgendso etwas wie wasser / seit ein paar tagen haben sie uns eine pumpe gegeben die einen faden wasser liefert /

andererseits / trotzdem / ist die moral gut. irgendwie arbeiten wir an der politischen lösung unserer probleme und dann erreicht man die zeit nach dem abendessen; irgendwie

ab hier wird das spiel erst richtig hart

die ziegel von rebibbia / untertags so richtig aufgeheizt / geben ganz freizügig die hitze wieder her. von ihnen kann man alles haben sie sind die einzigen mit diesem vorzug. In solchen augenblicken ist es besonders schwierig es zu keinen überreaktionen kommen zu lassen; die zwanzig tage isolationshaft sollten vermieden werden. es heißt daß es dort noch heißer ist; und es ist wahr. wer's nicht glaubt soll's ausprobieren

an dieser stelle verrate ich / dem der's liest / einen tip für die zeit nach dem abendessen. nimm ein abenteuerbuch oder / besser noch / einen historischen roman der einer feinfühligen psychologischen analyse nicht entbehrt ein paar intime details liefert / immer aber ohne erotische einzelheiten das kann fatal sein /. setz dich genau dorthin wo du mit katzigen nachforschungen einen hauch von luftzug entdeckt zu haben glaubst / es ist allerdings nicht genug das ein für allemal zu machen: jeder abend ist anders und jeder lufthauch /. wichtig ist vor allem daß TV läuft tonmäßig nicht zu laut. daß das programm dumm leicht und einigermaßen aufgereizt ist: ein seichtes musikfestival vom typ lignano sabbiadoro dient dem zweck; zum schluß wird der telegatto an den besten verkäufer verschenkt / auf diese weise bleibt man immer informiert /

zu viert / eingeschlossen in den zellenofen / kann man miteinander reden. aber: wenig mit ruhe ohne sich zu bewegen langsam. Ein kurzes beispiel

erster häftling: warum um alles in der welt ist heuer die berté nicht bei dem festival dabei?

zweiter häftling / nach einer halben stunde /: loredana hat sich entschlossen ein jahr lang leicht zurückgezogen zu leben nach den letzten anstrengungen um die suche nach neuen musikalischen ausdrucksmöglichkeiten weiterzubringen; sie ist dabei sich einen fetteren sound zuzulegen

dritter häftling / nach einer halben stunde /: auf jeden fall haben wir noch immer die rettore die io ho te singt. muß euch reichen vierter häftling / nach einer halben stunde /: und der giurato wenn er ich will ein taucher sein um immer wieder aufs neue aus dem wasser heraus an der luft zur welt zu kommen? ich bin begeistert

antwort: scheiße

erster häftling: wenn du nicht sofort mit dem scheißdreckgerede aufhörst laß ich mich umdrehen von der polizei wie der genosse sandalo der jetzt am meer sitzt mit seiner mutter und dreißig unterwassercarabinieri die ihn bewachen

die hitze steigt uns zu kopf. in den kopf

hat auch keinen sinn dir sonst noch etwas zu sagen

Pigenò

Es soll hier nicht nach Gründen gefragt werden, sondern nach Tatsachen. Außerdem soll hier unparteiisch, und das heißt möglichst desinteressiert, berichtet werden. Entsprechend wurde dieser Bericht verfertigt, auftragsgemäß.

Der Mann galt, zumindest bis zum fraglichen Augenblick, als völlig normal, von gewohnten Umgangsformen, wenn auch als eher zurückhaltend.

A. B. tat seine Arbeit, ordentlich, wie Nachbarn bemerkten, und pflegte in seinem Garten einige Obstbäume mittleren Ertrages.

Eine erste Veränderung in seinem Leben mag wohl eingetreten sein, als vage Gerüchte zu kursieren begannen. Man sagte damals, der Obere Weg, seit jeher vor allem in der Saison ein störendes Verkehrshindernis, solle begradigt bzw. auf zwei überbreite Fahrspuren ausgebaut werden.

Anrainer wollen eine wachsende Unruhe im Wesen des Mannes erkannt haben. Er sei zudem öfters ins Wirtshaus gegangen (was er vorher nicht tat), habe wortlos an den Tischen gestanden, an denen Karten gespielt wurde. Man sagt, er hätte wohl Neues über die Angelegenheit erfahren wollen. Das von ihm bestellte Getränk habe er immer völlig unberührt an der Theke gelassen und sei dann, nach einigen Stunden wortlosen Stehens, ebenso stillschweigend gegangen, wie er gekommen war.

Als dann der amtliche Vermessungstrupp (begleitet von einem Behördenvertreter) angerückt sei, müsse der Mann wohl Urlaub genommen haben. Oder er sei einfach nicht zur Arbeit gegangen. Jedenfalls habe der Mann den ganzen Tag über bei den Vermessern gestanden, wohl auch, um mit ihnen ins Gespräch zu kommen. Er soll dabei nicht nur nach Art und Umfang der straßenbaulichen Veränderungen gefragt haben, sondern auch nach deren Sinn.

Als an einer der Mauern eines etwas älteren Ansitzes (erbaut 1674, wie zu erfahren war) ein Pfahl aufgerichtet, ferner mit roter Farbe in ungefähr einem Meter Höhe ein Querstrich gezogen wurde, habe er, nach übereinstimmenden Aussagen mehrerer Zeugen, an besagtem Pfahl Stellung bezogen, wobei er sich eine ortsübliche blaue Bauernschürze umgebunden habe. Weiter sei auf eben dieser Schürze in weißer Farbe zu lesen gewesen: »Hier wird vermessen. Wozu?«

Der Gemeindevertreter habe versucht, den Mann zu bewegen, nach Hause zu gehen oder zumindest die Schürze auszuziehen. Er habe weiter darauf hingewiesen, daß von seiten der zuständigen Gemeindeverwaltung baldigst ausführlichste Informationen gegeben würden, vor allem an die Einwohner Pigenòs. A. B. habe daraufhin sich bedankt und sei gegangen. Was mit der blauen Schürze geschah, konnte nicht in Erfahrung gebracht werden.

Eine zweite, wohl auch weitgehendere Verschlechterung der Situation sei während oder kurz nach der Bürgerversammlung eingetreten. Der Mann habe während der Versammlung, auf der das Projekt »Kultur Hotel Pigenò – Congress Centrum« der Öffentlichkeit vorgestellt wurde (womit auch die Notwendigkeit der straßenbaulichen Veränderungen bewiesen war), plötzlich laut und durchdringend, beinah hysterisch gelacht. Ein dabei zufällig anwesender Professor der Medizin habe später die berufliche Meinung vertreten, allein schon durch solche Ausdrucksformen (noch dazu innerhalb einer demokratischen Einrichtung) habe sich für ihn der »defiziente Geisteszustand« des Mannes erwiesen.

A. B. habe dann auch die Frage gestellt, warum man »das hier«, so wörtlich, »denn eigentlich Bürgerversammlung nenne«, er sähe da einen Widerspruch. Auf einen Verweis des Bürgermeisters hin habe er sich, leicht lächelnd, für sein »undemokratisches Verhalten« entschuldigt und in der weiteren Folge vollkommen ruhig verhalten.

Der Mann habe in den folgenden Tagen verschiedene Male Nachbarn und Bekannte angesprochen und versucht, sie in ein Gespräch zu verwickeln. Zu einer bekannten Persönlichkeit Pigenòs habe er gesagt, daß ein Vorhaben wie das geplante vielleicht noch aus rein wirtschaftlichen Überlegungen heraus verständlich sei (obwohl seiner Meinung nach sich auch hier für einen etwas weiter reichenden Blick ernste Bedenken ergeben müßten), man dürfe aber keineswegs einer »Clique, einer Gruppe von Investoren und Geschäftsleuten« (so soll er es formuliert haben) immer und überall »freie Hand zum Ausverkauf« lassen, auch Zuwachsraten seien eine »fragwürdige Rechtfertigung« hierfür. Weiter soll er, und an diesem Punkt habe er sich in äußerst unangenehmer Art und Weise ereifert, von nicht wiedergutzumachenden, also irreparablen Schäden gesprochen haben, die man hier anrichten wolle.

Zudem soll er auch geäußert haben, es wäre ein wesentlicher Beitrag zur Lösung des Problems, wenn bestimmte gewählte Gemeindevertreter (er nannte hierbei auch Namen!), die doch im Grunde und eigentlich auch Volksvertreter seien, wenn solche Leute also nicht so ohne weiteres stillschweigende Teilhaber einer »äußerst fragwürdigen Gesellschaft zur Kultivierung unserer Unkultiviertheit« sein könnten. Da sei ihm ein unkultivierter Winkel lieber.

In solcher und ähnlicher Weise soll sich der Mann immer wieder öffentlich, dem Vernehmen nach auch Jugendlichen gegenüber, geäußert haben.

Der Mann habe sich dann, so ist weiter zu berichten, die letzten Tage vor dem nunmehr angekündigten Baubeginn äußerst ruhig, ja sogar auffallend friedlich verhalten.

Die vorangegangenen Spannungen, besonders aber obgenannte merkwürdige Erscheinungen, seien der Anlaß gewesen, daß Mitglieder der fraglichen Gesellschaft bei den Behörden vorstellig wurden, um eine Art »Geleitschutz« für die erwarteten Bautrupps anzufordern. Die zuständigen Behörden willigten ein, da es (so einer ihrer Vertreter) »unsere Pflicht sei, für Ruhe und Ordnung, vor allem aber für die Sicherheit unserer Bürger zu sorgen«.

Wie sehr solche Vorahnungen am Platze waren, zeigte sich anderentags. Unbekannte waren im Schutz der Nacht in das Gemeindehaus eingedrungen und hatten das dort befindliche Planungsmodell »KULTUR HOTEL PIGENÒ – CONGRESS CENTRUM/SANIERUNG VON PIGENÒ/INFRASTRUKTURELLE ERNEUERUNGEN« zur Gänze zertrümmert.

Durch eben dieses Modell aber seien die (gewohnheitsmäßig) oppositionell-destruktiven Kreise im Gemeinderat umgestimmt worden; an ihm seien der zu erwartende Fortschritt und die absehbaren Vorteile, die nicht zuletzt auch den breiten Bevölkerungsschichten Pigenòs zugute kommen würden, besonders deutlich einsichtig geworden.

Die genauen Ereignisse und deren detaillierter Ablauf am Tage des tragischen Ausganges können heute, wohl auch wegen ihrer Ungeheuerlichkeit (die wiederum ihre Unfaßbarkeit nach sich zieht), nur sehr schwer einigermaßen verläßlich rekonstruiert werden.

Der Schaufelbagger habe die Fassade des aus dem Weg zu räumenden Hauses bereits zum Einsturz gebracht, als A. B. erschien. Nachdem aber der Dorfpolizist (der zusammen mit fünf weiteren staatlichen Sicherheitskräften am Bauplatz weisungsgemäß Wache bezogen hatte) in seiner Eigenschaft sowohl als ordnende Kraft als auch als Bekannter des Mannes diesem bedeutet habe, es sei wohl besser, wenn er wieder nach Hause gehe, als hier unnötigerweise arbeitende Mitbürger zu provozieren, habe der Mann nichts weiter darauf erwidert, er habe sich etwas abseits gestellt und sei dann dort, den Arbeitern mit seinem Blick unermüdlich folgend, stehengeblieben.

Es wäre dann so gekommen, daß niemand mehr Notiz von dem Manne genommen habe, so daß auch nicht bemerkt werden konnte, daß er, während sowohl die Sicherheitskräfte als auch die Arbeiter zum Mittagessen weggegangen seien, unbemerkt zurückgeblieben sei.

Es muß angenommen werden (dafür gibt es allerdings zur Zeit noch keine Zeugen), daß A. B. einen günstigen Augenblick abgewartet habe, daß er dann auf den Schaufelbagger gestiegen sei und ihn in Bewegung gesetzt habe. Er sei dann die Straße entlanggefahren, habe sämtliche Absperrungstafeln überrollt (verschiedene Augenzeugen sind gerade dadurch auf ihn aufmerksam geworden) und sei in Richtung Hotel »Alt-Pigenò« weitergefahren.

Mitbürger, die ihm zuriefen, habe er nicht beachtet, vielmehr einfach weiter geradeaus gestarrt, darüber hinaus habe er die Geschwindigkeit seines Gefährtes, wohl auch bedingt durch die etwas abschüssige Zufahrt zum Hotel, in besorgniserregendem Maße hinaufgesetzt. Nach Aussage mehrerer Zeugen sei es nicht mehr möglich gewesen, den Mann irgendwie anzusprechen, auch auf ein für längere Zeit gegebenes Hupsignal habe er in keiner Weise reagiert.

So sei dann unter den Augen erschrockener, ja verzweifelter Bürger das nunmehr Unvermeidbare geschehen.

A. B. habe im letzten Augenblick die Schaufel des Baggers höher gestellt und sei dann mit unverminderter Geschwindigkeit und »ohne mit der Wimper zu zucken« (so beschrieb es der Besitzer des Hotels »Alt-Pigenò«, der in letzter Minute auf den heranrasenden Bagger aufmerksam wurde), gegen die Nordseite des Hotels geprallt.

Große Teile der Hauswand seien sofort eingestürzt, aber erst ein herabstürzender Balkon habe den Bagger vollends unter sich begraben.

Es sei dann sofort nach einem Rettungswagen geschickt worden, der den einem Nervenzusammenbruch nahen Hotelier in geeignete ärztliche Behandlung brachte.

Die nach der von amtlicher Seite angeordneten Autopsie des A. B. bekanntgegebenen ersten Erkenntnisse der Sicherheitskräfte hätten ergeben, daß der Mann in seiner Wohnung weder Testament, schriftliche Erklärung oder Hinweise hinterlassen habe, durch die man sich die Ereignisse erklären könnte.

Bis zur Stunde stünden außerdem die Analysen der Aufzeichnungen der Telefongespräche des A. B. aus.

Es wird (wohl zu Recht) angenommen, der Mann habe an einer bis dahin unerkannten schweren psychischen Störung gelitten.

Der Hotelier gab auf Anfrage an, er könne sich diesen gemeinen Angriff auf sein Leben und Gut nicht erklären, habe er doch für die Allgemeinheit im allgemeinen und für diesen Mann (den er als einen liebenswürdigen Mitbürger eingestuft habe) im besonderen immer etwas übrig gehabt. Man werde aber, versicherte der Hotelier, sich durch »diesen kleinen Zwischenfall« nicht im mindesten beeinflussen lassen. Vielmehr werde man nun mit vermehrtem Idealismus und ganz im Dienst der Sache an diesem bedeutenden Werk weiterarbeiten. Daran könne auch ein kranker Geist, dem er selbstverständlich einen Kranz aufs Grab legen werde, nichts ändern.

Maderneid

Altbauer Beppi geht in die Landwirtschaft. Einen Fuß nach dem anderen, langsam auf Beinen, die links wie rechts auf Hühneraugen stehen, geht er das Dorf hinaus Richtung Maderneid, über den Parkplatz mit den Stellplätzen für die Busse, an der Wurstbude vorbei, ohne zu essen, an der Ersten und Allgemeinen Kellereigenossenschaft vorbei, ohne zu trinken, geht er das Dorf hinaus in die Weinberge und Obstwiesen. Feldwege, über die er früher mit dem Ochsengespann gezogen ist, als er noch eher Tagelöhner war als Bauer, an den Rebstöcken mehr hing als heute und Apfelbäume wie Bäume aussahen und nicht wie haltungsgeschädigte Kleiderständer für Zwerge.

Früher, sagt Altbauer Beppi, war nicht alles besser. Aber alles anders. Früher, sagt er, den sie seit seiner Zeit beim Königlich-Italienischen Militär Beppi rufen, der unterm Faschismus amtlich zu Giuseppe wurde und vor fünfundzwanzig Jahren amtlich wieder in den Urzustand zurückgetauft und deswegen in den Papieren als Josef steht, obwohl ihm Beppi lieber gewesen wäre, früher war auch nicht alles anders. Wir waren anders.

Und dann kommt die Zeit, sagt Beppi, dann kommt die Zeit und vergeht, immer schneller, mit der Zeit, vergeht sie, und du gehst in die Landwirtschaft wie jeden Tag die ganzen Jahre, und jeden Tag bist du länger unterwegs, obwohl der Bub die Landwirtschaft übernommen und die Rebstöcke herausgerissen und Golden Delicous und Gala und Braeburn und, das Allerneueste jetzt, Fuji und Pink Lady, angelegt hat, als ob das etwas wäre, Apfelsaft statt Wein, und die Wiesen hat er getauscht, der Bub, so daß sie jetzt näher am Hof liegen und nebeneinander, und trotzdem bist du heute länger unterwegs, sagt Beppi und sagt: Und du redest mit dir selber, was dir früher auch nicht eingefallen ist. Früher hat dich auch keiner fotografiert, wie der Tourist, da kann er freundlich lachen und grüßen, fotografiert hat er dich trotzdem, als ob das etwas Besonderes wäre, der alte Sonntagsanzug und der blaue Arbeitsschurz, der Hut und die Bergschuhe. Was soll man sonst anziehen, wenn man mit Hühneraugen in die Landwirtschaft geht, sagt Beppi, halt mich für verrückt oder altersblöd, Depp, fotografischer, wenn du willst, Hauptsach, du redest mich nicht an, es reicht mir, wenn ich mit mir red.

Wie Altbauer Beppi in der Obstwiese steht, die früher die seine und jetzt die seines Sohnes und Hoferben Josef ist, nimmt er sich den Hut vom Kopf, wischt sich den Schweiß von der Stirn und schüttelt betrübt den Kopf. Nein, sagt Altbauer Beppi, etwas Richtiges ist das nicht mehr. Wird schon sein, daß damit mehr Geld zu verdienen ist, und wird auch sein, daß es einfacher zum Arbeiten ist. Aber Apfelbäume, die einem von meiner Statur, die dazu noch seit fünfzehn Jahren schrumpft, Apfelbäume, die so einem nur bis knapp über die Hutschnur langen, sind keine Bäume mehr. Das kann mir keiner erzählen. Und daß die Arbeit bequemer ist, wird schon sein, aber es ist keine Arbeit für einen Mann mehr. Einen Baum zu schneiden, der gleich groß ist wie du, ist keine Kunst. Aber was willst du, sagt Altbauer Beppi, was willst du von einer Landwirtschaft, die im Frühjahr Hormone auf die Bäume spritzt, damit die Äpfel abfallen, und im Herbst Hormone auf die Bäume spritzt, damit sie hängen bleiben. Und jedesmal werden die Äpfel quadratischer.

Und jetzt stehst du da, Beppi, sagt Altbauer Beppi, setzt sich seufzend den Hut wieder auf und verstaut das Taschentuch in seiner linken Hosentasche, jetzt stehst du da und hast einen Benzinmotor und Druckluft und eine pneumatische Schere und nichts anderes zu tun, als durch die Wiese zu laufen, die heute Anlage heißt, und verkrüppelten Zwergbäumchen vom Boden aus drei Äste abzuschneiden, und bis Abend ist, bist du leicht fertig und das in einer Obstwiese, wo wir früher zu dritt zwei Tage gebraucht haben. Aber der Bub hat es so gewollt, und übergeben hast du, und deswegen schafft er jetzt, und es ist ja auch wahr, daß weniger zu tun ist und der Ertrag höher. Und außerdem hätt der Bub sonst nicht die Zeit, dreimal die Woche in die Bank zu gehen.

Altbauer Beppi hat inzwischen den Schlauch an den Kompressor und die pneumatische Schere an den Schlauch angeschlossen und startet jetzt den Benzinmotor. Dann gehn wir's eben an, sagt er, daß bis abends auch etwas getan ist.

Jungbauer Josef, der sich schon recht früh den Namen Jo zugelegt hat, Jungbauer Jo nickt kurz mit dem Kopf, wie er in die Bank kommt, geht an den Schaltern vorbei, nickt jedesmal kurz mit dem Kopf und verschwindet hinter einer Mauer von Zimmerpflanzen, die zu nichts anderem da sind, als das Termingeschäft von den alltäglichen Bankgeschäften zu trennen. Jungbauer Jo ist ein alter Fuchs, was die Spekulation betrifft, und hat schon alles durch. Warentermine, Aktien, kurzfristige Staatsverschreibungen. Zur Zeit bearbeitet Jungbauer Jo das Valutenfeld. Weil, hat er gestern abend noch im Gasthaus gesagt, sich die moderne Landwirtschaft auf ein zweites Bein stellen muß, mindestens. Und weil, wer einen modernen Betrieb führt, ohne weiteres die Zeit erübrigt für die Kontakte zur Bank, die Lektüre der Wirtschaftsnachrichten, den Blick auf die Börsen und die regelmäßige Kontrolle am Videotext. Das, sagt Jungbauer Jo, ist bei einem zeitgemäß geführten Betrieb allemal drin.

Wir sind in Schwierigkeiten, sagt der Bankangestellte, Tokio sieht gar nicht gut aus. Wenn London nervös wird, wird Frankfurt schwach, und wir stehen mit dreihundertfünfzig offen da. Ich, sagt Jungbauer Jo, ich bin dann der mit den dreihundertfünfzig Kranken. Bring das nicht durcheinander. Nein, sagt der Bankangestellte und lächelt müde und wischt sich den Schweiß von der Stirn, ich hab mich an dich rangehängt. Auch mit dreihundertfünfzig. Hat mir nach einer todsicheren Sache ausgesehen. Hab gedacht, du hast den richtigen Riecher gehabt. Hör auf, sagt Jungbauer Jo, erzähl keinen Scheiß. Und vor allem, erzähl mir nicht, daß du Windschatten gefahren bist. Doch, sagt der Bankangestellte, ich bin privat reingegangen. Das sieht die Bank aber nicht gern, sagt Jungbauer Jo. Ich weiß, sagt der Bankangestellte. Vor allem, weil sie selbst auch mit achthundert dreinhängt. Jungbauer Jo zieht kurz den Atem an und klopft zweimal mit seinen Fingern auf die Edelholzplatte. O.k., sagt er, wer ist noch drauf, auf der Titanic? Zwei Nachbarn von dir, du weißt schon, war ja dein Tip, dann die Kellereigenossenschaft, die Baumschule und, na ja, der Ortsvorstand vom Bauernbund. Der hat gestern noch gesagt, das ist nichts für ihn, sagt Jungbauer Jo. Und wo hat er das gesagt? sagt der Bankangestellte. Im Gasthaus, sagt Jungbauer Jo. Eben, sagt der Bankangestellte.

Jungbauer Jo steht auf, nicht halb so schnell, wie er sich niedergesetzt hat. Diesmal kracht's, wenn's schiefgeht, sagt er. Der Bankangestellte schaut nicht hoch. Das wird so laut, daß du gar nichts wirst hören können, sagt er dann, das wird der Megaknall. Wenn alle auf eine Karte setzen und keiner dagegenhält... das ist die Atombombe. Das absolute Schweigen. Der totale Tod. Dreihundertfünfzig, sagt Jungbauer Jo, da kann ich alles verkaufen. Wenn's die anderen auch reißt, kann ich froh sein, wenn ich auf dreihundertfünfzig komm. Oder gebt ihr mir einen zweiten Kredit? Ab morgen bin ich nicht mehr da, sagt der Bankangestellte, höchstwahrscheinlich nicht. Und heute brauchst du ihn noch nicht. Vielleicht läuft's ja. Ich hab kein gutes Gefühl, sagt Jungbauer Jo, diesmal hängen zu viele dran. Letztesmal hat mir noch der Nachbar aushelfen können, vor zwei Wochen ich ihm. Diesmal... Wir werden sehen, sagt der Bankangestellte, vor dreizehn Uhr ist noch nichts gesagt. Vielleicht haben die in London ein Einsehen mit uns. Braten werden sie uns, sagt Jungbauer Jo, bei lebendigem Leibe. Erst rupfen, dann braten. Ich weiß es.

Jungbauer Jo fährt nach Hause und setzt sich vor den Fernseher. Seine Frau denkt sich nichts, das tut er immer, um diese Uhrzeit. Die Börse. Nach einer halben Stunde steht Jungbauer Jo auf, verläßt das Haus, geht zum Stadel, in dem die Maschinen stehen, zieht das Tor hinter sich zu, schließt den Schlauch an, setzt sich in seinen BMW und startet den Motor. Nach zehn Minuten ist Jungbauer Jo tot.

Nein, sagt Altbauer Beppi, Freude kann einem die Arbeit nicht so recht machen. Den Kompressor ein paar Meter weiterstellen, schneiden, schneiden, schneiden, Kompressor weiterstellen. Da besinnt sich Altbauer Beppi an den Eigenbau, der im Trog hinter ihm im Wasser liegt. Er steckt sich die Schere in den blauen Schurz, dessen einer Zipfel am Bauchband befestigt ist und so eine Tasche bildet. Wenigstens ist der Wein nicht schlechter geworden, sagt Altbauer Beppi nach ein paar kräftigen Schlucken und bückt sich, um die Flasche im Schatten abzustellen. Dabei drückt der Oberschenkel auf den einen, der Bauch auf den anderen Arm der Schere und drückt so weit, bis der Druckpunkt erreicht ist, das Ventil die Luft freigibt und die Schere mit einem Schnitt das Glied abtrennt. Nach fünf Minuten ist Altbauer Beppi tot.

Zorneding

Diplomvolkswirt Karl F. fand seine Hornbrille nicht. Und deswegen schickte er seine Frau. »Geh du, Friede.«

»Karli«, sagte Elfriede F., die Diplomvolkswirtsfrau, »du und deine Brille, Karli, es ist immer dasselbe Spiel. Wenn du nicht aufstehn willst, versteckt sich deine Brille. Und ich bin der Depp.«

Es war gegen halb zwei Uhr morgens, und Karl F. hatte nicht vor, es im ehelichen Schlafzimmer zu einem Streit kommen zu lassen. Er war jetzt siebenundfünfzig Jahre alt, wartete auf seine Pensionierung und darauf, daß seine Frau nach dem Rechten sah, damit er weiterschlafen konnte. Und draußen vor dem Haus waren verdächtige Geräusche zu hören gewesen.

Nachts gibt es in Zorneding, Landkreis Ebersberg, nur verdächtige Geräusche. Nachts hatte es in Zorneding ruhig zu sein, ruhiger noch als am Tage. Aber da waren diese Geräusche, und sie waren verdächtig, und Karl und Elfriede F. waren beide gleichzeitig davon wach geworden.

»Geh schon, Friede«, sagte Karl F., drehte leise stöhnend seiner Frau den Rücken zu und zog sich das karierte Federbett über die Ohren.

Diplomvolkswirtsfrau Elfriede F. war eine vernünftige

Frau. Weshalb sie aufstand, sich den Morgenmantel überzog, die Taschenlampe vom Nachttisch nahm und ging. Nicht, ohne in der Tür noch ihrem Mann, der schon wieder schnarchte, die Zunge herauszustrecken. Immerhin waren sie seit Jahrzehnten verheiratet.

Im Haus war alles friedlich gewesen, im Gang, auf der Treppe, im Flur, in der Küche. Elfriede F. zog ihre Arbeitsschuhe an, schnürte den Morgenmantel und kontrollierte den Garten, leuchtete hinter Büsche und Blumenbeete, öffnete das Gartentor zur Straße, leuchtete die Straße hinauf und hinunter, leuchtete in den vor dem Haus geparkten ehelichen Wagen, ging um ihn herum, inspizierte, fand nichts Beunruhigendes, umkreiste das Haus, leuchtete zu dem Balkon hinauf, hinter dessen Tür und der auf drei Viertel heruntergelassenen Jalousie ihr Mann, der Diplomvolkswirt Karl F., schnarchte, weil er seine Hornbrille nicht gefunden hatte.

»Karli«, sagte Elfriede F., als sie sich wieder ins eheliche Bett legte, »wach auf, Karli.«

»Laß mich, Friede«, sagte Karli und setzte sich, da er schon einmal wach war, auf.

»Karli«, sagte Friede, »hier ist deine Brille. Und draußen ist alles in Ordnung.«

»Ist gut«, sagte Karli, »dann hol ich mir noch ein Weißbier, und dann schlafen wir.«

Der diensttuende Beamte C. der Polizeiinspektion Poing, Polizeidirektion Erding, notierte zuallererst die Uhrzeit: 01.43 Uhr. Dann den Namen der Anruferin. Ihre Anschrift. Telefonnummer. Und schließlich den Grund des Anrufes.

Im Nachbarhaus der Anruferin sei eingebrochen worden. Eine Person sei auf den Balkon gestiegen, eine zweite Person verlasse das Grundstück gerade mit einer Leiter. Bei den Nachbarn handle es sich um den Diplomvolkswirt Karl F. und seine Frau. Folgt Anschrift. Der diensttuende Beamte C. der Polizeiinspektion Poing, Polizeidirektion Erding, gab um 01.48 Uhr Einsatzalarm und schickte die drei Streifenwagen Paulus 2, Paulus 3 und Hubertus 1 zum Tatort. Daraufhin setzte sich der diensttuende Beamte C. hin und schrieb einen entsprechenden Vermerk in seine Kladde.

Die Beamten A., B. und D. der Polizeiinspektion Poing, Polizeidirektion Erding, verließen die Streifenwagen Paulus 2 und Paulus 3, sicherten die Straße, betraten das verdächtige Grundstück, entsicherten ihre Dienstwaffen und kletterten dann auf den Balkon des Anwesens F. Dabei nahmen sie die sogenannte Räuberleiter zu Hilfe, das heißt, Beamter B. stellte sich mit dem Rücken an die Hauswand, Beamter A. stieg auf seine Handflächen, kletterte sodann auf die Schultern des Beamten B. und zog sich schließlich an der Balkonbrüstung auf denselbigen hoch. Dasselbe gilt für Beamten D. Dann gaben sie sich, so der Wortlaut der gemeinsamen Presseerklärung der Staatsanwaltschaft beim Landesgericht München II und der Polizeidirektion Erding, laut und deutlich als Polizeibeamte zu erkennen. Sie forderten den im Haus sich befindlichen Einbrecher auf, zu öffnen und herauszukommen.

Diplomvolkswirt Karl F. stellte das Weißbierglas auf den Nachttisch und zupfte am Nachthemd seiner Frau. »Friede«, sagte er, »da sind sie wieder.«

»Ich hör's«, sagte Elfriede F., »nimm die Brille, Karli, und schau nach. Diesmal bist du dran.« Und sie drehte ihrem Mann den Rücken zu und zog sich die Bettdecke über die Ohren.

»Gut«, sagte Karl F., »wenn das so ist, dann nehm ich die Gaspistole. Wo ist sie, Friede?« Aber Elfriede F., die Diplomvolkswirtsehefrau, atmete schon tief und gleichmäßig, und zwischendurch verfiel sie ins Schnarchen.

»Nicht, daß ich dir das glaub«, sagte Karl F., vermied es, Licht zu machen, horchte nach draußen, tastete nach seiner Hornbrille, setzte sie auf, suchte in der Nachttischschublade nach der Gaspistole und wälzte sich langsam aus seinem Bett, »zeigen werd ich's denen, um die Uhrzeit, so eine Sauerei, daß sich da einer traut, einzusteigen.«

Diplomvolkswirt Karl F. stieg in seine Hausschuhe, fingerte an der Gaspistole, drehte sich noch einmal zum ehelichen Bett zurück, sah seine Frau, eingewickelt in Federbett und Bettlaken, zuckte mit den Schultern, schüttelte den Kopf und schlurfte dann auf die offene Balkontür zu, immerhin war es schon Ende Mai, man wohnte in Bayern, Abhärtung des Leibes verlängert das Leben, und hatten sich nicht Friede und er, Karli, beim Eistauchen kennengelernt, und die Jalousie war immerhin bis auf drei Viertel heruntergelassen.

Als Diplomvolkswirt Karl F. an der Balkontür stand, sah er, wie das Licht einer Taschenlampe unter der Jalousie durchfingerte.

Der Beamte A. der Polizeiinspektion Poing, Polizeidirektion Erding, versuchte, auf dem Balkon des Anwesens des

F. stehend, mit seiner Diensttaschenlampe unter der zu drei Vierteln geschlossenen Jalousie ins Innere des Hauses zu leuchten. Dann fiel ein Schuß, und der Polizeibeamte B. der Polizeiinspektion Poing, Polizeidirektion Erding, ging, nachdem er das auf ihn gerichtete Mündungsfeuer gesehen hatte, in die auf der Polizeischule zum ersten und letzten Mal geübte Schußposition und feuerte drei Schuß aus seiner Dienstpistole ab. Der Beamte D. der Polizeiinspektion Poing, Polizeidirektion Erding, zog ebenfalls seine Waffe und feuerte sie zweimal ab.

»Friede...«, rief Diplomvolkswirt Karl F., als er von einer Kugel in die Brust getroffen wurde.

»Ich komm, Karli, laß dir nix gefallen«, rief Frieda F., Diplomvolkswirtsgattin, schmiß die Bettwäsche von sich, sprang auf und schrie um Hilfe. Und Karl F. schmiß sich, schon leicht taumelnd, auf die Jalousie, fiel zu Boden und zog ein zweites Mal den Hahn seiner Gastpistole.

»Aus!« rief der Beamte A. der Polizeiinspektion Poing, Polizeidirektion Erding, als er die Hilferufe aus dem Zimmer hörte. Und schaute sich zu seinem Kollegen, dem Polizeibeamten D., um. Polizeibeamter D. lag leblos auf dem Boden des Balkons, neben ihm umfangreiche Teile seines Gehirnes.

Diplomvolkswirtsfrau Elfriede F. kniete neben ihrem Mann. »Karli«, sagte sie und drückte mit ihrer Hand auf seinen Hals, aus dem pulsierend Blut schoß, »Karli«, sagte Elfriede F., »es tut mir leid.« Diplomvolkswirt Karl F. antwortete ihr nicht mehr. Im selben Augenblick krachte die Jalousie, und der Beamte A. der Polizeiinspektion Poing, Polizeidirektion Erding, stand im Raum.

»Tot«, sagte Elfriede F., Diplomvolkswirtsgattin. »Mein Mann ist tot.« »Meiner auch«, sagte der Beamte B. der Polizeiinspektion Poing, Polizeidirektion Erding.

Kurt Lanthaler im Diogenes Verlag

Der Tote im Fels

Ein Tschonnie-Tschenett-Roman

Bei Bauarbeiten für einen Eisenbahntunnel am Brenner wird eine nur wenige Tage alte Leiche aus dem massiven Fels freigesprengt. Keiner kann sich erklären, wie sie dorthin gekommen ist. Die einzigen Hinweise liegen im Aktenkoffer des Toten. Und den hat Tschonnie Tschenett, Ex-Matrose und Aushilfs-LKW-Fahrer mit der fatalen Neigung, seine Nase in obskure Dinge zu stecken. So macht er unfreiwillig die Bekanntschaft mit skrupellosen Grundstückspekulanten, alten und neuen Nazis und ähnlich üblen Subjekten. Tschenett entdeckt, daß große Bauvorhaben lange Schatten vorauswerfen.

»Noch ist der Brennerbasistunnel, dieses Jahrhundertprojekt, nur ein kühner Plan. Den Reißer um die dazugehörigen Spekulationen hat Lanthaler schon jetzt geschrieben.« *Der Standard, Wien*

Grobes Foul

Ein Tschonnie-Tschenett-Roman

Um ein Uhr nachts, dreißig Kilometer vor Sterzing, merkt Tschonnie Tschenett, daß ihm der Sprit ausgeht. In diesem Moment hat ihm der Typ, der ihm um ein Haar vor die Zugmaschine gesprungen wäre, gerade noch gefehlt. Es handelt sich um den bekifften Fahrer eines Ferraris, der auf dem Seitenstreifen liegengeblieben ist. Sein Name: Paolo Canaccia, Stürmerstar des Serie-A-Spitzenreiters AS ROMA, der seinen *ferragosto*-Trainingsaufenthalt in Sterzing verbringt. Dies erfährt Tschenett am nächsten Tag – von der Polizei. Denn am

Schauplatz seiner Zufallsbekanntschaft mit Canaccia wird in der gleichen Nacht eine Leiche gefunden. Tschenett hat damit ein Problem am Hals. Aber nicht nur er. Canaccia ist tief in den Fall verstrickt und bittet den Amateurdetektiv um seine Hilfe.

»Inzwischen eine Kultfigur im Genre – genaue Milieuschilderungen, feine Gedankenspiele, sauber durchgestaltete Dramaturgie.« *Buchkultur, Wien*

Herzsprung

Ein Tschonnie-Tschenett-Roman

Sein Freund Totò von der italienischen Grenzpolizei hatte ihn ja gewarnt. Aber Tschonnie Tschenett steckt tief in einer Sinnkrise und ist bereit, den nächstbesten LKW-Auftrag anzunehmen, Hauptsache, er bringt ihn weit weg. Das erreicht er auf Anhieb. Denn gleich beim ersten Job hat er die Bullen am Hals und muß über die grüne Grenze. Für eine dubiose Schweizer Firma übernimmt Tschenett Fahrten nach Berlin und nach Herzsprung bei Wittstock. Dort trifft er einen alten Kumpel wieder, der für dieselbe Firma arbeitet und Tschenett mit leicht zu verdienendem Geld lockt. Wie schmutzig der Job in Wirklichkeit ist, begreift der Amateurdetektiv erst, als er im Fernsehen das Bild eines toten Vietnamesen sieht. Mit dem er vor kurzem noch Geschäfte gemacht hat. Ein sozialkritischer Thriller und atemberaubender ›road-movie‹.

»Ein Roman, der schon kurz nach seinem Erscheinen von der Realität eingeholt wurde. Ein trauriger Beweis für das brillante Gespür Lanthalers, realistische und spannende Stoffe für seine Romane zu finden. Ein fesselndes Lesevergnügen der besonderen Art.«
Deutsche Welle, Köln

»Der Roman geht mit seiner Episodenstruktur kühn neue Krimi-Wege.« *Frankfurter Rundschau*

Azzurro

Ein Tschonnie-Tschenett-Roman

Der vierte Tschonnie-Tschenett-Roman bringt Licht in die dunkle Vergangenheit seines gleichnamigen ›Helden‹. Er beginnt 1977: Tschonnie Tschenett, Matrose an Bord eines Seitenfängers, der unter Grönland auf Fischfang geht, wird beschuldigt, einen Kollegen über Bord geworfen und damit umgebracht zu haben. Zwanzig Jahre müssen vergehen, bis sich der Amateurdetektiv für das damals erlittene Unrecht rächen kann. 1997: Tschenett, gerade aus einem Hamburger Knast entlassen, sehnt sich nach einem Klimawechsel. Nach diversen abenteuerlichen Erlebnissen am Brenner und in Italien landet er in Albanien, einem Land am Rande des Bürgerkriegs. Tschenett erlebt, was es bedeutet, wenn ein Land auf der Einkaufsliste legaler wie illegaler Geschäftemacher steht.

»Lanthaler gräbt tiefer und gerät damit an die Wurzeln der Übel. Er erzählt genau und dabei spannend, er erzählt witzig, ohne Souveränität und Wahrheitsgehalt einzubüßen. Er erzählt so, daß jemand, der in zweihundert Jahren Genaueres von unserem heutigen Tun und Lassen wissen wollte, mit einem solchen Buch bestens bedient wäre.«
Österreichischer Rundfunk, Wien

»Die Alternative zum gängigen Asphalt-Krimi.«
News, Wien

Alfred Komarek im Diogenes Verlag

Polt muß weinen

Roman

In Brunndorf, einem niederösterreichischen Weinbauerndorf, gehen die Uhren noch anders. Der sympathische Gendarmerie-Inspektor Simon Polt, Junggeselle und Halter eines eigenwilligen Katers, hat mit seinen Weinbauern schon so manche Nacht durchzecht. Polt gehört dazu. Dann aber steht er vor der Leiche Albert Hahns, der in seinem Weinkeller durch Gärgas umgekommen ist. So etwas passiert in einer Winzergegend, doch diesmal, sagt der Gemeindearzt, »hat es den Richtigen erwischt«. Er spricht aus, was fast alle im Dorf denken, und tatsächlich hätte auch so gut wie jeder ein Motiv für diese Tat gehabt.
Polt muß ermitteln, ob es den Weinbauern paßt oder nicht. Doch der Inspektor verhört die Leute nicht, er plauscht mit ihnen, dort, wo er sich sowieso am liebsten aufhält: in ihren Preßhäusern und Weinkellern. Das löst die Zungen, und Polt erfährt haarsträubende Dinge.

»Mit Simon Polt, dem gutmütigen, aber beharrlichen Gendarmerie-Inspektor, betritt ein Krimiheld die Bühne, von dem man sich wünscht, daß er mit seiner stillen, schüchternen und schlichten Art noch viele Fälle zu lösen haben wird. Polt ist kein cooler Krimiheld. Er ist ein Landmensch, tief verwurzelt im Alltag des kleinen, an der tschechischen Grenze gelegenen Weinbauerndorfes.« *Salzburger Nachrichten*

»Eine einmalige Milieustudie!«
Österreichischer Rundfunk, Wien

Ausgezeichnet mit dem Glauser 1999

Blumen für Polt

Roman

Gerade noch hat Willi – ein geistig Behinderter und Außenseiter im Weinbauerndorf – Simon Polt einen Strauß Wiesenblumen gepflückt. Wenige Stunden später wird er tot unter einem Lößabsturz aufgefunden. Und noch mehr geschieht im sonst so ruhigen Wiesbachtal: Ein tödlicher Verkehrsunfall ereignet sich, mit einigen Ungereimtheiten. Eine Kindergang, die in verlassenen Kellergassen, verfallenen Preßhäusern und verwachsenen Hohlwegen ihr Unwesen treibt, hat den festen Vorsatz, ein düsteres Geheimnis nicht preiszugeben.
Gendarmerie-Inspektor Polt folgt bedächtig und unbeirrbar all diesen Spuren, zum Ärger einiger aufgebrachter Bauern und erboster Eltern, zum Unmut auch der von ihm so geschätzten Lehrerin Karin Walter …

»Komarek versteht sich auf die Kunst, einen Fall scheinbar zu lösen und dann hinterrücks völlig neu aufzurollen. Und ganz nebenbei entwirft er das Panorama einer Idylle, um die man fürchten muß und die zum Fürchten ist. *Blumen für Polt* – eine kriminalistische Weinlese aus dem Weinviertel, trocken, aber süffig!«
Ulrich Klenner/Bayerischer Rundfunk, München

»Komareks Schilderungen von Personen, Landschaften und Vorfällen sind so greifbar und authentisch, daß der Leser sofort dem österreichischen Charme verfällt. Mit liebevoller Distanz und feiner Ironie zeichnet er seine Personen.«
Barbara Kasper/Focus Online, München

Liaty Pisani im Diogenes Verlag

Mit Ogden hat Liaty Pisani einen Spion geschaffen, der eine fatale Schwäche hat: Er hat ein Gewissen. Dennoch wird er mit seiner Intelligenz und Schnelligkeit bei den heikelsten Missionen eingesetzt. Für Ogden ist der Dienst seine Familie: als Ziehsohn eines Geheimdienstbosses ist er mit den Umgangsformen in der Welt der Top-Secret-Informationen vertraut. Was ihm nicht jede böse Überraschung erspart.

»Wenn es sich nicht noch herausstellt, daß es sich bei Liaty Pisani um John le Carrés Sekretärin handelt, die ihm die Manuskripte maust, dann haben wir endlich eine weibliche Spionage-Autorin. Noch dazu eine mit literarischem Schreibgefühl.«
Martina I. Kischke/Frankfurter Rundschau

»Ein bemerkenswertes literarisches Talent, das außerhalb der italienischen Tradition, nämlich zwischen Chandler und le Carré, eingereiht werden muß und durch seine versteckten Zitate an Nabokov erinnert.«
La Stampa, Turin

Der Spion und der Analytiker
Roman. Aus dem Italienischen von Linde Birk

Der Spion und der Dichter
Roman. Deutsch von Ulrich Hartmann

Der Spion und der Bankier
Roman. Deutsch von Ulrich Hartmann

Der Spion und der Schauspieler
Schweigen ist Silber
Roman. Deutsch von Ulrich Hartmann

Jakob Arjouni im Diogenes Verlag

»Ein großer, phantastischer Schriftsteller, der genau und planvoll und lesbar schreibt.«
Maxim Biller / Tempo, Hamburg

»Seine Virtuosität, sein Humor, sein Gespür für Spannung sind ein Lichtblick in der Literatur jenseits des Rheins, die seit langem in den eisigen Sphären von Peter Handke gefangen ist.« *Actuel, Paris*

»Seine Texte haben Qualität. Sie sind ambitioniert, unaufdringlich-provokativ, höchst politisch.«
Barbara Müller-Vahl / General-Anzeiger, Bonn

»Arjouni weiß als Dramatiker genauso wie als Krimiautor, wie er Spannung erzielt, ohne platt zu wirken.«
Christian Peiseler / Rheinische Post, Düsseldorf

Magic Hoffmann
Roman

Edelmanns Tochter
Theaterstück

Ein Freund
Geschichten

Die Kayankaya-Romane:

Happy birthday, Türke!

Mehr Bier

Ein Mann, ein Mord

Kismet

Bernhard Schlink im Diogenes Verlag

»Schwungvoll geschriebene, raffiniert gebaute Romane, in denen die politische Aktualität und die deutsche Vergangenheit präsent sind.«
Dorothee Nolte / Der Tagesspiegel, Berlin

»Bernhard Schlink gehört zu den Autoren, die sinnlich, intelligent und spannend erzählen können – eine Seltenheit in Deutschland.«
Dietmar Kanthak / General-Anzeiger, Bonn

»Bernhard Schlink gelingt das in der deutschen Literatur seltene Kunststück, so behutsam wie möglich, vor allem ohne moralische Bevormundung des Lesers, zu verfahren und dennoch durch die suggestive Präzision seiner Sprache ein Höchstmaß an Anschaulichkeit zu erreichen.« *Werner Fuld / Focus, München*

»Bernhard Schlink ist ein sehr intensiver Beobachter menschlicher Handlungen, seelischer Prozesse. Man liest. Und versteht.«
Wolfgang Kroener / Rhein-Zeitung, Koblenz

Der Vorleser
Roman

Liebesfluchten
Geschichten

Die gordische Schleife
Roman

Selbs Betrug
Roman

Selbs Mord
Roman

Bernhard Schlink & Walter Popp
Selbs Justiz
Roman